완벽하지 않아 다행이야

완벽하지 않아 다행이야

1판 1쇄 발행 2023년 11월 3일
1판 5쇄 발행 2023년 12월 19일

글·그림   오리여인

발행처   (주)수오서재
발행인   황은희 장건태
책임편집   마선영
편집   최민화 박세연
마케팅   황혜란 안혜인
디자인   권미리

제작   제이오
주소   경기도 파주시 돌곶이길 170-2 (10883)
등록   2018년 10월 4일 (제406-2018-000114호)
전화   031 955 9790
팩스   031 946 9796
전자우편   info@suobooks.com
홈페이지   www.suobooks.com
ISBN   979-11-93238-14-1 (03810) 책값은 뒤표지에 있습니다.

완벽하지 않아 다행이야

우리라는 이름의 사랑

오리여인 글·그림

차 례

일, 혼자 살았습니다

이, 둘이 되었습니다

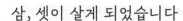

삼, 셋이 살게 되었습니다

사, 함께 살고 있습니다

일, 혼자 살았습니다

물 위의 평화

수영을 자주 배웠지만 늘 초급반이었다. 호흡이 제대로 되지 않아 좀처럼 중급반으로 넘어가지 못했다. 하지만 그런 것과는 상관없이 나는 물에서 노는 것을 무척 좋아한다. 호흡을 잘 못하니 숨을 꾹 참은 채 이리저리 다니는데 그렇게 한참을 놀다 보면 심장이 터져버릴 것 같은 순간이 온다. 그때 똑바로 하늘을 향해 누워 물 위에 둥둥 떠 있는다.

물 위에 누워 있으면 귀가 물속으로 잠긴다. 그러면 물속의 모든 소리가 선명하게 들린다. 먹먹한 물소리와 잔잔한 내 숨소리까지 느낄 수 있다. 물속 말고는 바깥소리 모두 어두워진다. 그렇게 둥둥 여기로 저기로 떠다니며 하늘을 바라본다. 흘러가는 구름을 보기도 하고 별이나 달을 보기도 한다. 그렇게 그동안 미루고 잊고 있었던 하늘을 고요 속에서 가만히 바라보는 순간. 세상과 분리되는 것 같은 나만의 평화로운 시간.

둥실둥실

귀여운 것들

세련된 것들도 좋지만 귀여운 것들에게서 따뜻함을 느껴. 귀엽고 어딘가 어설픈 것들에게 느끼는 감정은 따듯한 종류의 것이다. 예를 들면 세련된 디자인에 영문 필기체가 멋있게 새겨진 유명 케이크 집의 케이크도 좋지만, 집에서 만들어서 모양은 엉성하고 글씨도 삐뚤빼뚤하게 적힌 케이크가 더 좋다. 유명한 디자이너의 오브제도 좋지만 길거리에 산 작고 못난 도자기 동물 장식품도 귀엽고, 거장이 그린 그림에서 엄청난 전율을 느끼기도 하지만 친구가 나를 그려준 어설픈 그림에서는 더없는 애정을 느끼니까. 그 무엇보다 나를 사로잡는 건 그 어떤 마음.

물드는 마음

언제쯤 평온해질 수 있을까

얼마 전 친구와 나누었던 대화를 떠올린다.

"너무 생각을 많이 하는 것 아니야?"

나쁜 의도는 아니었을 텐데 마치 내가 계산적으로 보였던 건 아닐까, 자꾸만 신경이 쓰인다. 난 그런 사람이 아닌데. 엊그제 미팅 때는 내가 한 일을 오해하는 듯한 말을 들었다. 되물을까 하다 구차하게 무얼 말하기도 그래서 입을 꾹 다물었다. 다시 생각해봐도 말을 해야 했던 상황이었지만, 시간이 지나서 말하자니 너무 소심해 보일까 봐 말을 아낀다.

내가 생각하는 나와 남이 생각하는 나는 다른 것 같다. 수박도 겉으로 볼 때와 잘라서 속을 볼 때가 다르지. 수박만 그런가, 달걀 속도 그렇고 바닷속도 그렇고, 바다 안에 사는 가리비도 겉과 속이 다른 것투성인데. 가볍게 주고받았던 말들은 죄다 그냥 흘려버려도 될 텐데 왜 그것 중 몇 개는 꼭 따개비처럼 나한테 붙어 있는 걸까. 이런 나의 속을 다 알아주는 사람이 있을까.

나는 모래를 눈으로 받는 사람

푸른 별이 지나가며 주변이 축축해진다.
그 습기가 창문을 타고 들어와
내 등과 눈 위로 내려앉는다.
얇고 서늘한 감각이 느껴진다.
눈물이 날 것 같기도 하고
아닐 것 같기도 한 그런 밤.

혼자 잠드는 어떤 날

소개팅

어쩌다 보니 소개팅이 연달아 잡혀서 저녁 시간에 외출을 자주 하게 되었다. 나가는 마음은 뭘까. 희망이라는 단어가 좋을까. 아닌데, 희망보다는 기대, 기대가 좋겠다. 어쩌면 나하고 정말 잘 맞는 사람을 만나게 될 것 같은 느낌. 언제나 그런 기대를 했던 것 같다. 나갈 때마다 어떤 옷을 입을지 액세서리는 무얼 할지 신발은 뭘 신을지 한참을 고민한다. 하지만 소개팅을 하고 나면 기대인지 희망인지 설렘인지 모를 감정이 푹 꺼지며 마음도 함께 푹 가라앉아 버린다. 그 사람과 무얼 한 것도 아니고 어떠한 약속을 한 사이도 아닌데 왜 소개팅을 하고 돌아오는 길은 이리 공허할까. 짝을 만나는 게 뭐라고. 뭐 대단한 것을 한 것도 아닌데 밥 한 번, 차 한 잔에 왜 마음이 허무해질까.

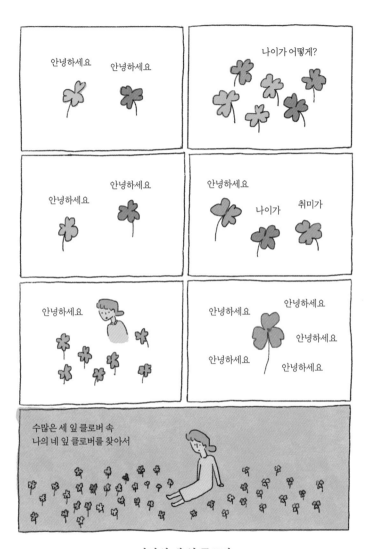

나만의 네 잎 클로버

행복과 불안

나는 행복해도 불안한 사람. 좋은 일이 많이 생겨도 언제 또 불안한 일이 생길까 봐 초조한 마음이 든다. 그래도 이 마음이 꽤 괜찮은 건 반대로 불행한 일이 닥쳐도 좋은 일이 곧 올 거라는 작은 희망도 함께 품을 수 있다는 것.

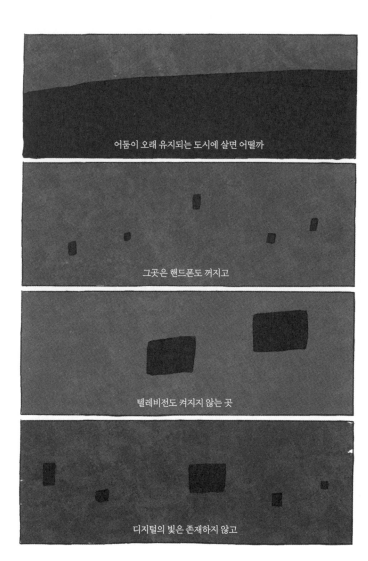

어둠이 오래 유지되는 도시에 살면 어떨까

그곳은 핸드폰도 꺼지고

텔레비전도 켜지지 않는 곳

디지털의 빛은 존재하지 않고

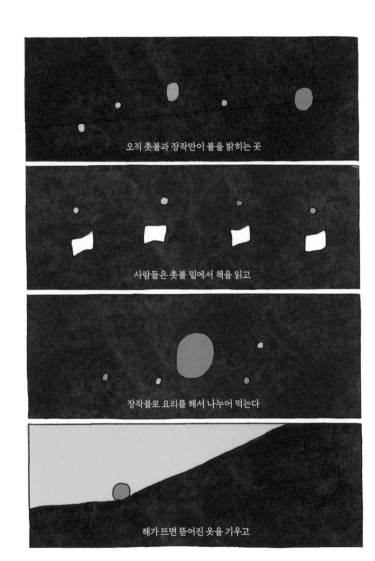

오직 촛불과 장작만이 불을 밝히는 곳

사람들은 촛불 밑에서 책을 읽고

장작불로 요리를 해서 나누어 먹는다

해가 뜨면 뜯어진 옷을 기우고

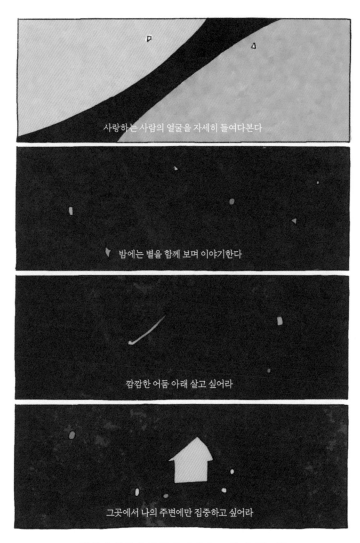

햇빛과 별빛과 촛불과 마음으로 살아가는 곳

교양 있는 사람

어릴 때는 아무 생각이 없었는데 나이가 들수록 교양 있어 보이는 사람들이 눈에 띈다. 값비싼 것을 가지고 있지 않아도 몸가짐이 단정하고 우아한 분위기를 풍기고, 어렵고 불편한 자리에서도 우물쭈물하는 것 없이 당당하고 분명하게 자신의 의견을 잘 표현하는 사람. 혹여 누군가 실수를 해도 너그럽게 웃음으로 넘겨주는 사람. 호들갑 떨지 않고 부산스럽지 않고 평온하며 여러 분야에 박학한 사람. 내가 생각하는 교양 있는 사람.

나도 그런 사람으로 보이고 싶은데 객관적으로 나를 보자면 말도 횡설수설하고 손동작도, 표정도 굉장히 다양해서 생각하는 것처럼 살아지지 않는다. 그래도 꾸준히 교양 있게 살고 싶다는 마음을 지니고 있다. 오늘도 친구를 만나 크게 웃다가 목소리가 너무 컸나 싶어 소리를 줄이고, 밥도 숟가락으로 왕창 떠먹다가 이내 입을 작게 벌려 먹었다. 집으로 돌아오는 버스를 탈 때도 바른 자세로 고쳐 앉았다. 티셔츠 안으로 왼팔을 넣어 등을 벅벅 긁고 싶었는데도 꾹 참으며. 아, 나도 교양 있게 기품 있게 살고 싶은데. 힘들구마이.

노력형 교양인

실패한 연애

20대 후반부터 30대 초반까지 실패한 연애를 했다. 연애에 실패와 성공이라는 건 없겠지만, 말로 다 하기 어려울 만큼 참혹했던 일들을 겪으면서 사람에 대한 기준도, 나라는 사람도 많이 달라졌다. 그전에는 그저 순수한 예스맨이었다. '노'라고 말하는 것을 두려워하고 누군가가 나를 싫어할까 봐 눈치 보고 걱정했다. 나를 이용해도, 사기를 쳐도, 무시해도 잘 모르던 사람. 어쩌면 둔한 사람. 그때 친한 친구 은선이가 말했다.

"착한 게 아니라 바보야. 정신 좀 차려."

인간 같지 않은 사람을 만나 힘든 일들을 겪고서 한참이 지나서야 가까스로 살아났다. 괜찮아졌다는 표현보다 살아났다는 표현이 맞다. 그 이후로 나는 모든 사람을 의심하고 예민하게 보게 되었다. 은선이가 나를 안아주며 말했다.

"언니는 세포까지 다 변한 것 같아. 본능적으로 어떤 사람이 나쁜 사람이고 착한 사람인지 가려낼 줄 아는."

그 말이 꽤 나쁘지 않게 들렸다. 인연이라는 것. 내가 원했던 것은 태풍으로 폭우가 쏟아져도 폭설이 내려도 그것을 함께 견디는 사람이었지 나를 두고 떠나는 사람이 아니었다.

모래처럼 흩어지고 무너져 가는 관계를 붙잡을 이유는 없었다. 그 시기에 또 알게 된 사실이 하나 있다. 친구라고 믿었던 사람들이 실은 그렇지 않을 수 있다는 것. 반대로 전혀 생각지 못한 사람이 전하는 위로와 의지를 느끼기도 했다.

이제는 사람을 잃는 것을 전처럼 두려워하지 않는다. 진짜 내 사람이라면 있어야 할 때 반드시 곁에 있어 주니까. 그리고 인연의 수에도 연연해하지 않는다. 오히려 좋은 사람 몇 명만으로도 내게는 충분하다. 그들이 훗날 태풍이 와도 무너지지 않는 집에 함께 있을 사람들일 테니까.

사람 보는 눈

고마움의 무게

　살다 보면 내게 아주 고마운 일을 베풀어 주는 사람을 만난다. 그런데 그 고마움이 말로 해서 될 정도를 넘어서면 오히려 고맙다는 말이 턱 하고 막히고 만다. 입으로 소리 내어 말하면 너무 가볍게 느껴질까 봐. 말로 뱉어낸 소리는 바람이 되어 곧 사라지니까, 그게 그 마음을 너무 가볍게 여기는 것처럼 보일까 싶어서 말이다. 그래서 말을 뱉어 고맙다는 말을 제대로 하지 못할 때가 있다. 어떤 고마움이 굉장히 크고 무거울 때.

너한테는 늘 힘든 이야기

슬픈 이야기만 하는 것 같아 미안해

그렇게 생각하지 마

난 네가 그런 이야기를
해줘서 좋았거든

다른 사람들과 행복한 이야기

좋은 이야기를 나누겠지만

내 앞에서 너의 슬픔을
보여줘서 고마웠어

나를 믿고 의지하는 것 같아서

친구에게

우정도 사랑처럼

우정도 사랑처럼 할 때가 있다. 세월이 지날수록 친구를 사귀려니 시간이 오래 걸리고 자꾸만 더 생각하게 된다. 이제는 누군가가 다가온다고 해서 바로 친구로 이어지지도 않는다. 이 사람은 날 진심으로 좋아하는 게 맞겠지? 나를 이용하려는 건 아니겠지? 하는 마음이 들기도 하고, 아니면 내가 마음이 가는 사람도 나를 마음에 들어 하는지, 나랑 가까워지고 싶어 하는지 혹시 불편해하는 건 아닐까 하는 여러 생각을 하게 된다. 나도 일정 시간이 지나기까지는 그 사람이 괜찮은 사람인지 끊임없이 의심하고 평가한다. 우정이 이렇게 생각할 게 많은 것이었나?

사랑할 땐, 그 사람의 연락 하나에 단어 하나에 많은 생각을 했다지만 우정은 이러지 않았던 것 같은데. 우정에도 여러 생각의 실타래가 생기고 그중 어떤 것은 짓눌려 불도 못 지피고 꺼지기도 하고 또 어떤 것은 오히려 그 얇은 선이 더 불을 피우는 데 도움이 되기도 한다. 어른이 되니 생각할 게 많다. 떡볶이를 같이 먹는 횟수만큼 커가는 우정이 참 좋았는데. 어쩌면 슬픈 어른의 우정. 나는 어른.

날아가고, 남고

좋은 사람이 있을까?

주변에 결혼하는 사람이 부쩍 많아졌다. 오늘 갔던 결혼식에서 신부가 반짝거리는 드레스를 입고 어찌나 환하게 웃던지 그 모습이 자꾸만 생각난다. 신랑은 덩치도 키도 컸는데 턱시도를 입고는 펑펑 울었다. 신부가 신랑 등을 다독이며 안아주었고, 그 둘의 모습이 귀엽고 예뻐서 자꾸 웃음이 났다.

얼마 전 결혼식에서는 예전에 만났던 누군가가 결혼했다는 이야기도 들었다. 그렇구나. 그 사람은 아마 잘 지낼 거야. 그때는 함께였지만 이제는 흘러간 사람들을 생각해본다. 그 사람 그런 점은 괜찮았는데. 아, 아니야. 그래도 그 사람은 아니었어. 이런저런 생각이 지나간다. 평생을 약속한다는 건 무엇일까? 어떤 확신이 들어야 가능한 일일까? 친구의 결혼식에 다녀오는 길은 종종 이상한 마음이 든다.

사람들과 함께 있으면

밝은 사람이 되는데

그렇게 밝은 에너지를

끌어다가 쓰고 나서

혼자 있게 되면

모든 불을 끄고

고요하고 조용하게

가만히

좋아

카톡이 뭐길래

카톡을 주고받다가 내가 보낸 카톡에 대답이 없으면 마음이 심란해진다. 혹시 말실수했나 싶어 대화창을 죽 올려 찬찬히 다시 읽으며 내려온다. 그래도 별것 없으면 묻지도 않은 말을 너무 많이 했나, 재미가 없었나 싶어 다음에는 말을 줄여야겠다고 작은 다짐도 한다. 반대로 친구들이 메시지를 보냈을 때 혹시나 내가 대답하지 않으면 친구가 오해하거나 신경을 쓸까 봐 최대한 모든 말에 대답하거나 마지막 문자에 꼭 하트를 누른다. 특히 친구가 질문했을 때는 읽고 최대한 바로 대답하려 한다. 가끔 누군가 내 메시지에 하트를 꾹 눌러주면 괜히 나랑 닮은 사람 같아서 친밀감이 확 올라간다. 카톡이라는 세상 안에서 내 마음이 여러 감정에 부딪히며 튀어 다닌다. 탁구공처럼 톡톡톡.

썼다 지웠다

죽과 약

몸이 아주 아파 며칠을 꼬박 누워만 있었다. 눈을 뜨니 문자가 한 통 와 있었다. 친구가 집 앞에 죽과 약을 놔두고 갔다는 내용이었다. 벌써 수년 전인데 아직도 그 친구를 떠올리면 그날이 기억난다. 힘들고 아주 약해졌을 때 받은 도움들은 그 크기와 상관없이 아주 오랫동안 마음에 남아 있다.

쏟아내기

봄은 구석구석

봄이 되었다. 겨우내 그렇게 춥고 시리더니. 길을 지나가는데 삐쭉삐쭉 눈에 띄는 색이 있다. 마치 형광 같기도 한, 레몬을 탄 듯한 연두색이 쪼그마하게 곳곳에 피어올라 있다. 나무에도, 우리 집 편의점 앞에도, 친구를 만나러 간 곳의 카페 화분에도, 봄은 정말 구석구석까지 닿아 있다. 깊숙이 자리한 내 마음에도 여린 새싹이 피어날 수 있을까. 언젠가 내 마음 곳곳에도 봄이 와 닿길.

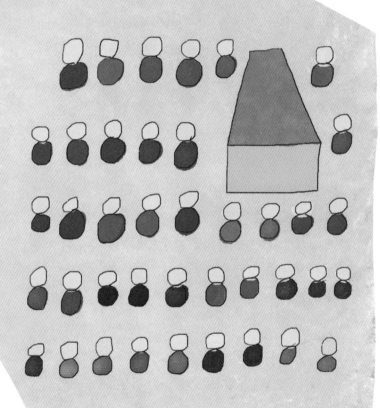

취향이 생기는 시간

핑크색과 흰색으로 된 체크무늬 스판 바지와 연두색과 흰색의 체크무늬 티셔츠를 입었던 중학생의 내가 생각이 난다. (그날 친구들이 놀렸기 때문에 기억에 오래 남아 있다.) 혼란스럽고 정체 모를 시도와 과정을 거쳐 서른을 지나면서 점점 취향이 생기기 시작했고, 거기서 몇 년을 더 지나오니 나와 내 공간은 나의 취향들로 가득했다.

나는 각이 날렵한 의자와 테이블을, 도자기와 유리로 된 소품을 그리고 오래된 빈티지 제품을 좋아한다. 가장 좋아하는 컵은 아주 얇은 유리컵이다. 조금이라도 세게 놓으면 금이 갈 것 같아서 물도 조심히 따르고 잔도 살짝 내려놓는다. 컵을 소중히 사용하는 그 느낌에 중독되어 몇 달째 잘 쓰고 있다. 색연필과 펜을 꽂아두는 병은 몇 년 전 호텔 아트페어에서 샀는데, 아주 얇게 빚어진 진회색 도자기이다. 작가의 작품이라 펜을 빼고 꽂을 때마다 좋은 것을 쓴다는 감사함과 자칫 넘어지면 깨질지도 모른다는 묘한 긴장감을 느끼며 쓰고 있다. 그 옆에 책을 받치고 있는 것은 각이 서 있는 납작한 금속 제품이다. 선물 받았는데 마음에 들어 역시나 오랫동안 쓰고 있다.

식물들은 잎이 둥근 것보다 거친 형태를 좋아한다. 여우꼬리야자나 공작야자 등 잎의 끝부분이 투박하거나 코로키아 같이 줄기의 선이 확실히 보이는 것들을 좋아한다. 종이를 보관하는 샛노란 철제로 된 미국 빈티지 사물함도 꽤 묵직하고 날카롭다. 그 위에는 옥색의 유리병이, 그 옆에는 엄지손가락만 한 작은 남색 빈티지 그릇과 연한 핑크색의 작은 초가 있다. 내 공간에 차곡차곡 쌓여 있는 나의 취향들. 오랜 시간에 걸쳐 내 공간으로 온 아이들이다. 내 안에서 자연스레 생겨난 취향으로 하나하나 내 손으로 모은 것들, 나의 결정체.

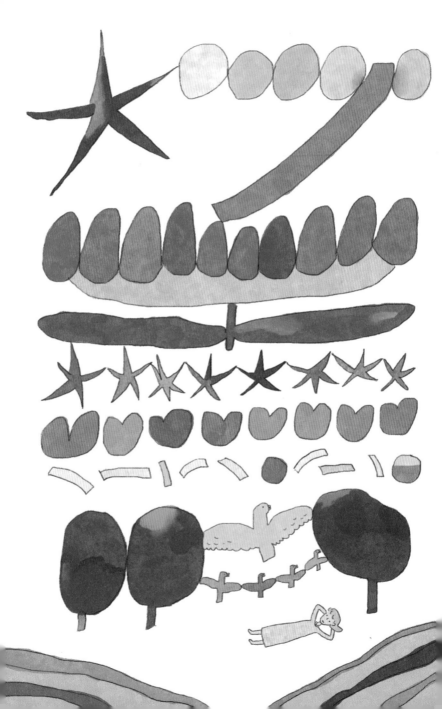

친구의 결혼

친한 친구가 결혼했다. 외로움도 없어 보였고, 혼자서도 여기저기 다니기 좋아하는 친구라 가장 늦게 결혼할 것 같았는데 갑자기 결혼을 선언했다. 옆에서 친구가 결혼을 준비하는 과정을 지켜보니 정말 바빠 보였다. 그리고 그동안 봐왔던 어느 모습보다 가장 행복해 보였다. 결혼한다는 건 어떤 감정인 걸까?

친구는 결혼 후에도 바빴다. 몇 달은 아니 1년은 쭉 바쁜 느낌이었다. 신혼여행을 다녀와서는 양가에 인사를 드리러 가고 주말에는 시가 쪽 생신이라던가 친정 모임이라던가 하는 일이 많았다. 친한 친구였지만 친구가 결혼하고 나니 밤늦게 연락하는 것도 조금 망설여졌다. 예전에는 텔레비전을 보다가도 웃긴 장면이 나오면 카톡으로 그것 봤냐며 수시로 이야기를 나누고 재밌는 걸 보면 링크를 보내기도 했는데, 왠지 남편과 보내는 시간에 방해가 되려나 싶어서 연락을 자제했다. 그렇게 결혼한 친구들이 늘어가고 나도 연락을 수시로 하는 친구도 줄어들었다. 자연스레 친구가 생각나도 마음에서만 머무르고 선뜻 연락하지 못한다. 결혼한 삶이란 어떤 것일까. 잘은 모르겠지만 바빠 보여.

여전히 우리 모두 친구인데

하나둘 결혼한 친구들이 생겨나니

가끔은 혼자인 것만 같아

이상한 기분

비슷한 결

얼마 전 친구를 만났을 때 우리는 참 비슷하다고 생각했다. 그리고 최근에 알게 된 지인과도 비슷한 결을 가지고 있다고 느꼈다. 예전에는 타인의 행동에 불편하더라도 무조건 내가 맞추거나, 혹은 누군가가 나를 미워할까 이리저리 눈치를 본 적도 있었는데 이제는 나를 그렇게 행동하게 만드는 사람들을 멀리한다.

비슷한 결은 비슷한 결끼리 알아본다. 취향이나 감성의 비슷함을 넘어 내가 조심하는 일을 그 사람도 조심하고, 추구하는 삶이나 가치관에 공통점이 많은 사람. 마음이 편하고 긴장하지 않고 행동에 꾸밈이 없어지게 해주는 사람들. 그런 사람들을 만나면 상처받을 일도 오해하는 일도 줄어든다. 그리고 '우리'라는 믿음이 생겨 오해도 금세 꺼진다. 비슷한 결은 비슷한 결끼리 지내야 해. 그래야 마음이 편하니까.

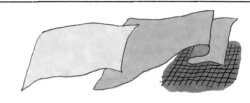

사람은 다 다른 결을 가지고 있다

적당히 보드랍고 흡수력도 좋고

A라는 지인은
마치 '면' 같은 사람이야

어디에도 잘 어울리고~
사회성도 좋고~
무난하고 편해

빠르게 마르고 여기저기 잘 어울리는 결

매끈하고 감촉이 좋지만

이 스카프 두르려고 했는데
언제 올이 나갔지?

그 친구가 생각나네
실크처럼 고급지고 우아한데
갑자기 툭- 하고 울던

세심히 다루지 않으면 올이 툭 하고 풀리는 결

살짝 깔끄럽지만 속에 담아두지 않고

그 사람 기억나?
욕도 많이 하고 좀
거칠었던 그 친구!

그 친구
결국
거기서~

와~ 대단하다~
'마' 같네
물에 젖으면 질겨지는~

시원하고 호탕한 결

그리고 가벼우나 구김이 적고

그래서
이것도 좋고
저것도 좋다고
했어~

괜찮은 거야??

줄어들거나 늘어나기 쉬운 결

이렇게 다 다른 결들 속에서

무슨 말인지..?

맞아요
맞아요

아...
나 너무
오바했어

아...욕 좀 그만

와..

매번
생각이
정반대네

나와 맞지 않는 결을 만나면

아 무언가
맞지 않아...

어딘가 부자연스럽고 불편하다

각자 자신의 결을 가지고 있을 뿐인데

나와 맞는 결을 만나면

별것 안 해도 편안하고 평안하다

결이 맞는 사람들

비슷한 사람들

밸런타인데이

밸런타인데이는 사랑하는 사람에게 초콜릿을 주는 날. 남자친구는 없지만 친구들과 지인들을 위해 초콜릿 재료를 샀다. 친구 은선이와 함께 만들기로 했는데 은선이는 고양이를 키우고 있었기 때문에 초콜릿 틀도 고양이 모양으로 골랐다. 하루 종일 함께 초콜릿을 만드는데 보통 일이 아니었다. 온도를 잘 맞추어 녹여야 하고 다시 얼음물에 초콜릿을 식히고 틀에 넣어 냉동고에 둔다. 또 초콜릿만 덜렁 줄 수 없으니 비닐이나 상자를 고르고 쪽지도 넣어 리본으로 포장한다. 온종일 녹이고 식히고 만들고 포장하다 보니 집이 난리가 났다. 역시 초콜릿은 사서 주는 거구나. 누군가를 위해 시간을 들여 무언가를 만들어 주는 건 얼마나 대단한 마음인지.

사랑의 힘은 대단해
모든 것을 해내게 하잖아

그럴 수도 있지

비 오는 날을 좋아한다. 비를 맞게 되어도 성가시거나 귀찮지 않다. 비가 오면 우산을 쓰고 나가서 걸어본다. 신발이 젖어도 발가락 사이에 뭐가 좀 묻어도 바지가 젖어 종아리에 붙어도 그대로 받아들인다. 그럴 수도 있다는 마음으로. 이런 마음 없이 밖으로 나가면 발이 축축해지는 것, 옷이 젖는 것, 습한 공기, 모든 것이 불편해질 수도 있지만 "그럴 수도 있지" 하고 나가면 별일 아니다. 산책을 다녀와서 샤워하고 옷은 세탁기로 슬리퍼라면 물만 한번 끼었으면 되고 운동화라면 이 기회에 빨아서 말리면 된다. 젖을 수도 있다. 비 맞는 것 별것 아니다.

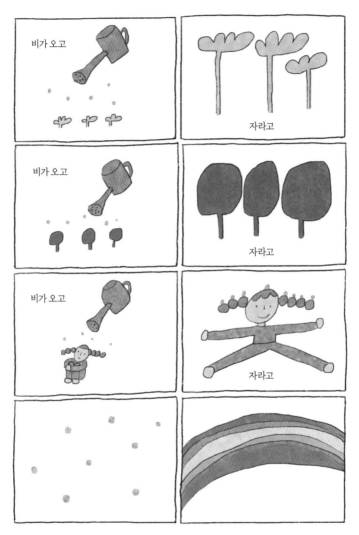

비가 오고

마음의 문

　나는 공감 지수가 굉장히 높은 편이다. 텔레비전을 보다가 슬픈 사연이 나오면 내 일처럼 눈물이 펑펑 난다. 억울한 사람의 이야기를 들으면 온종일 마음이 답답하다. 모르는 사람의 이야기에도 이러니 친구나 지인을 만나 이런저런 이야기를 하다 보면 나도 모르게 눈물이 툭 하고 쏟아질 때가 있다. 대화 중에 어떤 순간의 감정이나 아팠던 기억이 생각날 때도 있고, 혼자 괜히 뭉클해지기도 하고, 그 사람 마음은 얼마나 벅찰까 혹은 힘들까 싶어 눈물이 난다.

　공감하는 마음. 내가 가진 마음은 참으로 문이 많나 보다. 이 사람의 마음도 담아두고, 또 다른 이야기의 감정도 담아두고, 그렇게 많은 방에 많은 감정을 안고 싣고 산다.

다양한 마음의 색

글 쓰는 재미

문득 내가 글을 쓰는 사람이 된 것은 그 시절의 친구들 덕분이라는 생각이 들었다. 내가 글을 제일 많이 쓴 건 대학교에 막 입학했을 때였는데 지금 보면 우습고 오글거리기만 하는 글들이었다. 그 글을 읽은 친구 중 몇 명은 글이 엉망이라고 생각했을 수도 있을 것 같은데, 누구도 내게 그런 말을 전한 적은 없었다. 그렇게 나는 내가 글을 잘 쓰는지 못 쓰는지 엉망인지도 모른 채 그냥 십여 년을 이것저것 쓰는 사람이 되었다. 그러다 최근에 아주 친한 친구가 내가 쓴 글에 "넹~, 일기 잘 봤습니당~" 하고 댓글을 남겼다. 그때부터 공개적으로 글을 올릴 때, 한참을 적었다가 지우고 적었다가 지우고를 반복하다 결국은 지우고 마는 일이 잦아졌다.

'사적인 곳에 적는데 이 글이 좀 무거운가?', '너무 진지하게 생각했나?', '너무 오글거리지 않나?' 이런저런 생각을 하다 결국은 별말 없이 사진만 올렸다. 신나게 글을 적던 그 시절 이런 일이 반복되었다면 글 쓰는 재미를 잃어버렸을지도 몰랐겠다고 생각하면서.

나를 잘 아는 친구들

나는 비혼주의이지만,

결혼은 하지 않을 거라고 오랫동안 생각했다. 연애는 언제나 환영이지만 결혼은 확신이 없었던 사람. 하지만 내 안 깊숙이, 배꼽 저 아래 저 뒤에 어떤, 콩알만 한 다른 마음이 있었다. "아이를 낳는 것은 어떤 것일까? 아이를 키우는 것은 어떤 것일까?" 늘 비혼주의를 외쳤지만 이상하게 깨끗이 포기되지 않는 것, 아이.

식당에서 밥을 냠냠 받아먹는 아이에게 자꾸 눈길이 가고 길에서 엄마 손을 꼭 잡고 가는 아이를 만나면 인사하고 싶고, 어쩌다 눈이 마주친 아이에게 장난스러운 표정으로 손을 흔들며 아이들을 자꾸만 염탐했다. 작은 손, 작은 발, 귀여운 볼. 정말로 안 예쁜 아기가 없었다. 소리를 지르며 카페를 뛰어다녀도 으앙, 하며 식당에서 울어도 마트에서 떼를 쓰는 아이를 봐도 웃음이 나고 귀여웠다. 그래서 마음속 깊은 곳에 있는 그 어떤 완두콩 같은 마음을 버릴 수가 없네. 나는 비혼주의이지만,

완두콩만 한 마음

여행

얼마 전 오래된 친구와 여행을 갔다. 고등학교 때부터 친구였지만 단둘이 여행은 처음이었다. 여행을 준비하기 며칠 전 친구에게 물었다.

"혹시 먹고 싶은 음식 있어? 숙소는 어떤 스타일이 좋아?"

"오리야. 그런 거 신경 쓰지 마. 나는 호텔이든 모텔이든 민박이든 아무 곳에서 자도 되고, 아무거나 먹어도 다 괜찮다."

친구는 내가 여행 가기 전에 이것저것 찾아보고 알아보는 데 시간을 많이 쓰지 않았으면 좋겠다고 했다. 편하게, 그냥 편하게 떠나자고. 그래도 단둘이 가는 여행은 처음이고 친구가 행복해하면 좋겠으니까 다시 물었지만 친구는 말했다.

"나는 어딜 가고 뭘 먹는지보다 누구랑 가는지가 더 중요하다. 알제?"

그렇게 우리는 숙소도 정하지 않고 밤에 강원도로 떠났다. 가는 길에 보름달이 떠 있었는데 얼마나 예뻤는지. 그 여행지에서 유명한 곳은 단 한 군데도 가질 않았고, 사진은 덜 찍고, 서로를 보며 이야기를 많이 했다. 어떤 날은 작은 숙소에서 어깨를 대고 자고선 다음 날은 편하게 자자며 비싼 숙소에 가기도 했다. 해산물이 유명한 지역이었지만 우리가 좋

아하는 고기를 구워 먹으며 함께 웃었다. 누구와 함께하는
지가 여행에서 가장 중요하다는 친구와 잊지 못할 시간들을
보내고 돌아왔다.

바다 수영

추억

추억이라는 단어를 참 좋아한다. 이 단어를 누구한테 배웠나 떠올려 보면 세연이의 엄마였다. 난 세연이와 20년 지기 친구, 세연 엄마의 밥을 100번도 더 먹은 사람. 우리는 함께 목욕탕에도 간 사이이다. 언젠가 세연이 엄마랑 세연이 엄마 삼촌이랑 세연이 남동생이랑 호프집에서 치킨이랑 맥주를 마신 적이 있다. 다 먹고 일어나는데 세연이가 말했다. "우찌 갈래? 걸어갈까? 택시 탈까?" 하고 묻는 말에 세연이 엄마가 "전부 다 살랑살랑 걸어가자. 그게 다 추억이데이" 하면서 빙그레 웃으셨다. 그렇게 밤에 한참을 함께 걸어갔는데 그때의 바람 소리와 이야기 소리, 모든 것이 너무 따뜻했다.

세연이 엄마는 추억이라는 말을 참 많이 쓰셨는데 어린 시절 나는 그 말이 너무 좋았다. 다 같이 둘러앉아 세연이 엄마가 끓여준 감자탕을 먹을 때도, 커다란 게의 다리를 한 짝씩 들고 먹을 때도, 우리에게 동전을 쥐여주고 함께 윷놀이나 고스톱을 할 때도, 자두를 따러 갔을 때도 다 추억이라고 하셨다. '이런 걸 추억이라고 하는구나.' 나는 그렇게 추억을 배웠다.

추억이 별이 된 날

작은 성의

주변을 둘러보면 기억하는 사람들이 있다. "네가 저번에 커피 샀으니 이번에는 내가 살게." "네가 저번에 준 카드 참 예뻤는데." "네가 알려준 거기 잘 다녀왔어." 정작 나는 잊고 있다가 그런 말을 들으면 참 고맙다. 나의 작은 성의를 잊지 않는 것. 그 작은 것이 사람의 마음을 크게 만든다.

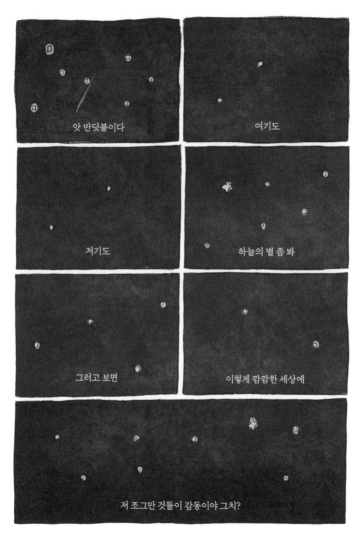

작은 것들

아무것도 모른 채

"엄마, 엄마 딸은 비혼주의라고 해. 알았지?" 서른이 되자마자 엄마에게 했던 말이다. "나중에 내가 그런 말을 하면 괜히 하는 말로 생각할 수 있으니 지금부터 꼭 말하고 다녀 줘. 난 결혼할 마음이 없어" 하고 덧붙이며.

사실 어릴 때는 결혼에 대한 로망이 많았다. 그래서 더 나를 잃어버릴까 무서웠다. 사랑하는 사람이 오기 전에 맛있는 밥을 해두고 그 밥을 함께 나누어 먹고 잠들기 전까지 같이 수다를 떨면서 가끔은 드라이브도 하고. 그렇게 평생 내 편이라고 생각되는 사람과 사는 일이 너무 행복해서 그림도 그리지 않고 글도 쓰지 않고, 마냥 흘러갈 것만 같았다. 그러면서도 결혼을 하면 외로운 마음이 사라지고, 가족이라는 따뜻한 품 안에서 안정된 마음으로 살 수 있을 거라고 막연하게 생각했던 것 같다. 결혼에 돈이 얼마나 드는지, 두 집안이 하나의 가족으로 이어지는 일에 대한 것, 평생 다른 삶을 살던 두 사람이 한집에 사는 것 등등 현실적인 것들은 전혀 생각하지 않고, 막연했기에 가능한 로망이었겠지.

결혼하면 나라는 사람을 잃게 될까 봐 무작정 무서워했던 나는, 한 사람과 만난 지 6개월 만에 결혼식장에 서 있게 되었다. 그렇게 아무것도 모른 채.

결혼이라니

이, 둘이 되었습니다

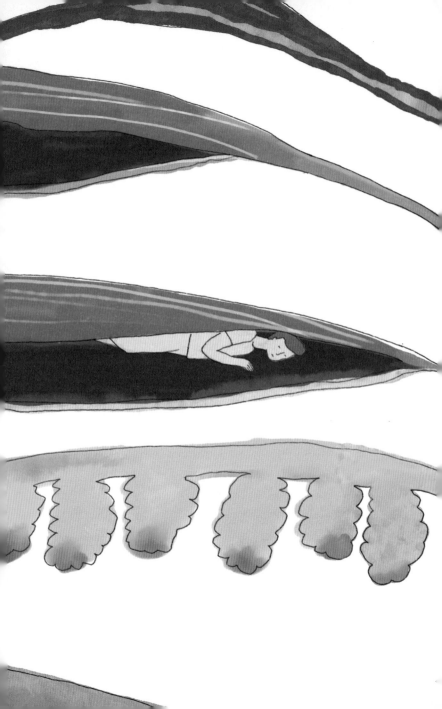

서로의 계절

지금까지 사람을 만나면서 나랑 딱 맞는 사람이라고 생각했던 적은 없었다. 만났을 때만큼은 열심히 사랑했고 열렬히 마음을 표현했지만 늘 어딘가가 허전했고 외로웠다. 나와 잘 맞는 사람이라는 느낌을 받았던 사람은 없었다. 어딘가 엉성하고 맞지 않는 퍼즐 두 조각을 들고서 이리 끼우고 저리 끼워보며 상처 내는 연애를 했던 것 같다. 그렇게 여러 번 사랑을 했어도 진짜 사랑을 몰랐던 나를 하늘이 가엾게 여겼을까. 아니면 인생의 복을 지금의 남편에게 몽땅 쏟아부었을까.

내 옆에 나란히 서 있는 이 사람은 마음이 넓고 닮고 싶은 사람이었다. 분명 단점이 있겠지만 아주 큰 장점이 있는 남자. 작은 일에 예민하지 않은 사람. 내 마음은 자주 파도가 치고 비가 내리고 홍수가 난다. 그러다 금세 온 마음의 꽃과 나무도 태울 만큼 강렬한 에너지를 뿜기도 한다. 난 사계절이 뚜렷한 곳에 사는 사람이었다. 이 사람은 그런 나에게 우산을 씌워주고 손을 잡아주며 이마에 뽀뽀를 해주는 사람. 사계절 없이 늘 봄에 사는 사람. 춥지 않고 시리지 않고 궁핍한 마음이 없는 사람. 그런 사람이 내게 왔다. 나에게 정말로 좋은 사람.

사실 처음부터 마음에 들었어

그런 사람이라면

이런 사람이라면 함께하고 싶어. 남편은 연애할 때 편도 두 시간, 왕복 네 시간이 걸리는 거리에도 매일 나를 보러 왔다. 회사를 마치고 우리 집 앞에서 나를 늘 기다렸다. 언제나 꽃이나 편지를 들고서. 그가 가져온 것 중에 가장 기억이 나는 것은 종이컵에 담아온 말린 꽃이었다.

점심시간이면 늘 내게 전화하던 그가 통화하면서 "어?!" 하고 소리를 냈다. 무슨 일이냐 물으니 길에 말린 꽃이 떨어져 있단다. 그러면서 "또 있네? 또 하나 또 떨어져 있네? 어? 또?" 하며 계속 꽃을 주웠다. 그러곤 저녁에 손가락 한 마디보다도 작은 꽃을 소복하게 담은 종이컵을 나에게 내밀었다. 꽃을 좋아하는 내게 꽃다발도 자주 사주었지만 그렇게 주워서 모아 건넨 꽃이 너무나 귀여웠다. 땅에 떨어진 작은 것을 볼 줄 알고, 작은 것을 모아 소중히 다룰 마음이 있고, 그 마음을 표현하는 사람이라면 현과 함께 살아도 좋을 것 같았다.

친정집에 놀러 가서 함께 산책하는데

꽃을 꺾어서 건네는 남편

코스모스는 처음 받아보는 것 같아

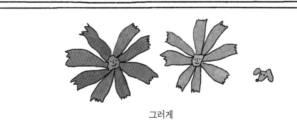

그러게

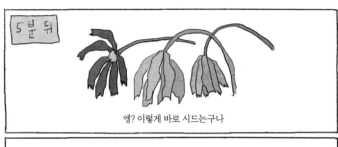

엥? 이렇게 바로 시드는구나

이래서 코스모스는 꽃다발로 못 본 건가?

꽃을 주는 사람을 만나서 이런 것을 알게 되었네

꽃을 받는 사람을 만나서 이런 것을 알게 되었지

꽃에 담긴 것

상견례

양가의 부모님을 함께 모시는 날. 어디서 하면 좋을까 싶어 장소를 계속 검색하고 그날 입고 갈 옷을 사고 양가에 드릴 난초와 편지를 썼다. 사실 나는 크게 떨리지 않았는데 나보다 엄마가 더 긴장한 것처럼 보였다.

상견례 자리는 시아버지의 남편 자랑으로 어색함을 깨며 시작되었다. 그 말이 길어지는데도 엄마 아빠는 아들 잘 키우셨다며 맞장구만 쳤다. 내심 '엄마 아빠도 내 자랑 좀 하지' 하고 뚱한 마음이 들었다.

우리가 가족이 되기 전 서로의 가족을 보여주고 이야기하는 시간. 평생 남으로 살아가다 우리 때문에 가족이 되는 사람들의 만남. 특별한 인연, 잘해야겠다.

우리 엄마

결혼식

"엄마, 내가 결혼식을 아주 작은 곳에서 가족끼리만 하면 어때?"

"네 마음이지. 우리는 상관없어."

엄마와 아빠는 그저 내가 결혼한다는 자체가 좋으신 것 같았다. 다 네 마음대로 하라고, 하고 싶었던 것도 다 하라고.

"현, 혹시 결혼식을 아주 작은 곳에서 하는 것은 어때?"

"나도 그런 스타일이 좋지만, 그건 안 될 것 같아."

그동안 보이지 않던 단호함이었다. 현의 집은 손님을 많이 맞을 수 있는 곳에서 결혼식을 하길 원하셨다. 서로의 의견이 달랐지만 누가 맞고 틀리고는 없었다. 예쁜 들꽃이 있는 작고 조용한 곳에서 잔잔한 음악을 틀고 함께 요리해 먹으며 내가 직접 그린 머리띠를 머리에 두르고 둘러앉아 소담하게 이야기를 나누는 장면이 내가 그렸던 결혼식이었지만, 나는 크고 어둡고 반짝이는 곳에서 결혼식을 올렸다. 우리 집도 현의 집도 손님과 친척들을 맞았다. 우리가 주인공인 결혼식이었지만 부모님들의 손님이 훨씬 많았고 어른들의 잔치이자 자식 농사의 끝마침 같았다. 그렇게 나는 현과 평생을 함께하기로 약속했다.

축하합니다

친정 아빠

결혼을 준비하면서 혼자서 힘들었던 일을 끙끙 앓다가 아빠에게 말했다. 예비 시가에서 너무 자주 연락이 오고 만나야 하는 게 버겁고 힘들다고. 아빠는 60여 년을 경상도에서 살았다. 대가족의 둘째지만 첫째처럼, 아버지처럼 돈과 마음을 헌신하며 살아온 사람. 우리 집과 큰집의 대소사를 책임진 사람이다. 아빠의 대답은 이랬다.

"열 번 만나자고 하면 열 번 만나고 백 번 만나자고 하면 백 번 만나는 거지. 그게 뭐가 힘드니."

그 말을 듣는데 얼마나 서운하고 눈물이 나는지. 아빠가 해결해줄 수 있는 일도 아니고 그렇다고 네 말이 다 맞다고 해줄 걸 기대한 건 아니었지만, 적어도 내가 원한 대답은 이랬다.

"그냥 다 한때야. 새 식구 들어오면 네가 궁금하니까 또 예쁘고 그래서 잘해주려고 그런 거야. 같이 이야기해서 잘 조율해 보자고 해."

결혼할 집에서도 친정에서도 내 편은 하나도 없는 기분.

아빠

매리지 블루

　우리는 만난 지 정확히 6개월째에 결혼했다. 현이 좋은 사람이라고 해도, 나와 말이 잘 통하고 취향이 비슷하다고 해도 결혼은 다른 문제였다. 하지만 나는 미끄럼틀보다 빠르게 결혼으로 미끄러져 갔다. 내가 정말 결혼했다는 사실을 지각한 것은 신혼여행 5일째, 아프리카의 숙소에서였다. 사자와 얼룩말, 순록, 거대 거북이와 기린을 다 보고 숙소에 돌아와 수영장에 풍덩 들어갔는데 정신이 번쩍 들었다. '어떡하지? 내가 너무 큰일을 저지른 느낌인데?' 그때 마침 짠 듯이 비가 후드득 떨어졌다.

　"오리야 뭐해? 숙소 안으로 들어가자."

　현이 손짓하며 불렀지만, 나는 그대로 수영장에 계속 앉아 있었다.

　"왜 그래? 무슨 일 있어?"

　그제야 인터넷에서 본 '매리지 블루'라는 말이 떠오르며 생각지 못한 감정이 순식간에 가득 차올랐다.

　"아니야."

　그날은 밸런타인데이이기도 했다. 예약해둔 좋은 레스토랑에 가서도 좀처럼 표정이 풀리지 않았다. 울 것만 같고 내가 무얼 저지른 건지, 그냥 연애만 해야 했는데, 그 많은 하객 앞에서 한 혼인 서약은 어떡하지, 꼬리에 꼬리를 물고 복잡한 생각이 들었다. 얇고 곱게 빚은 하트 모양 초콜릿 장식이 올라간 접시를 물끄러미 보다가 현의 얼굴을 똑바로 바라보았다. 걱정 가득하면서도 어리둥절한 그의 표정이 보였다. 하지만 어떤 변명도 하고 싶지 않았다. 그렇게 다시 숙소로 돌아가 누웠다.

'내가 정말 결혼을 한 건가?'

결혼을 했습니다

회식하는 날

둘이 살게 되면서 가장 달라진 점은 저녁에 한 사람이 다음 사람을 기다리게 된다는 것이었다. 나는 많은 시간을 집에서 보내는 프리랜서이다 보니 보통 기다리는 사람은 나였다. 남편은 대부분 일찍 집에 왔지만, 한두 달에 한 번씩 회식 날엔 귀가 시간이 늦어졌다. 하지만 늦게 오는 현이 마냥 싫지만은 않았다. 회식이 끝나면 늘 손에 무언갈 들고 왔기 때문이다. 방어회, 장어구이, 감자탕, 초밥, 육회…, 가끔 회식 메뉴가 맛이 없을 땐 내가 좋아하는 과자를 사 왔다. 나를 생각해서 챙겨온 것들이라 그게 무엇이든 좋았다. 함께 사는 재미가 이런 건가. 누군갈 기다리는 행복이 이런 건가.

너도 회식, 나도 회식

결혼과 아침밥

결혼을 결심했을 때 머릿속에는 아침밥에 대한 생각으로 가득했다. 지금 생각하면 좀 어처구니가 없지만, 아무래도 가부장적인 환경에서 자라서 그랬던 것 같다. 할머니 집은 밥 먹을 때도 남자와 여자가 따로 앉아 먹었다. 어린 시절부터 명절이 되면 며느리들이 종일 음식을 준비하는 모습을 당연하게 보며 자랐다. 아빠들이 간혹 손을 거들기도 했지만 엄마들의 일에 비하면 노동이라고 할 수도 없었다.

남자친구를 사귈 때마다 자주 뭘 만들어서 주었다. 야외로 놀러 갈 때면 언제나 밥 생각을 했다. 당연히 밥은 내가 챙겨야 한다고 여겼다. 돗자리도 담요도, 예쁜 포크와 냅킨도 함께 챙기며 뿌듯해했다. 그런 내가 결혼을 하려니, 어떻게 매일 아침밥을 챙겨 먹일 것인가에 대한 걱정이 가장 컸다. (20대 대부분을 뉴욕에서 보낸 내가 현을 만나기 전까지 이런 생각을 가지고 살았다는 게 다시 한번 놀랍다.) 나는 아침에 일할 때 가장 집중이 잘 되는데 그 시간에 밥상을 차려야 하고, 성격상 대충은 안 되니, 얼마나 애를 쓰며 예쁘게 챙기려 할까. 그렇게 날마다 챙기려면 일은 일이겠다 하는 겁이 났다. 내 걱정을 현에게 말하니 너무 깜짝 놀라 되물었다.

"오리야, 왜 아침밥을 네가 챙겨야 한다고 생각해? 왜?"

"(그러게) 몰라? 내가 해야 할 것 같은데?"

"배고픈 사람 혹은 하고 싶은 사람이 하는 거지. 그걸 왜 너만 한다고 생각해? 네가 그렇게 생각하고 있었다니 좀 놀랍다."

너무 놀라는 그의 반응에 내가 더 놀랐다. 밥이 나의 몫이 아니었던가? 남자와 여자가 함께 사는데 내가 여자라서 당연히 밥을 챙겨야 한다고 생각하는 게 그렇게 놀랄 일인가? 현은 내게 밥은 함께하는 것이라고 알려준 사람이었다.

남편은 물건들에

이름 붙이길 좋아합니다

세탁기에는 '드럼군'

건조기에는 '사막양'

이름을 붙이는가 하면

연결 시도 중

얼마 전 남편 에어팟을 빌리니

꼬챙이

'꼬챙이'라는 이름을

그러고 보니

알알이

퐁퐁이

붙여놓았더라고요

귀여운 것들이 산다

청결과 청소의 기준

결혼하고 몇 달이 지나 알게 된 삶의 방식 중 가장 큰 차이는 청결과 청소의 기준이었다. 예를 들면 남편은 발바닥에 뭐가 조금이라도 묻는 걸 싫어한다. 바닥에 부스러기 같은 것이 떨어져 있으면 그때그때 청소기를 돌리는데, 그때 바닥에 있던 택배 상자를 주방으로 옮기기도 하고 옷을 소파 위에 올려두기도 한다. 하지만 나는 바닥의 먼지보다 구역에 대한 정리 기준이 예민하다. 소파에 옷이 올려져 있으면 안 되고 주방에 우편물이 있으면 안 된다. 옷이 정리되어 있지 않아도 되지만, 소파 위에 있는 건 또 안 된다. 남편은 새벽에 자기 직전에 씻는 것을 좋아하고 나는 아침에 씻는 것을 좋아한다. 이것 역시 다르다.

다행인 것은 우리가 청소나 청결에 크게 집착하지는 않는다는 것이다. 둘 다 대충 옷을 벗어놓을 때도 있고 귀찮고 힘들면 다음 날 치우기도 한다. 우리가 완벽히 깨끗하지 않아서 다행이야. 서로의 부족함을 탓할 수 없으니까.

아니 이걸 여기다 두면 어떡해?

너 여기 흘렸어

근데 좀 다행이지 않아?

우리 둘 다 완벽하지 않아서

다행이다

통나무

누구와도 잘 어울릴 것 같다는 소리를 자주 듣는다. 하지만 실은 혼자 많이 끙끙대는 편이다. 나이가 들면서 나를 지키기 위해 힘든 것들을 조금씩 끊어내려고 노력하는데 하루는 그런 생각이 들었다. 나는 이곳에서 자라 굳어진 나무. 이쪽 가지에도 나뭇잎이 달랑달랑, 저쪽 가지에도 나뭇잎이 달랑달랑. 저 위에는 열매가 달랑달랑, 저쪽 끝에는 다람쥐도 있다. 하루는 이쪽 나뭇잎이 신경이 쓰여 가지를 싹둑 잘라버리고 저쪽 나뭇잎도 신경 쓰여 가지를 싹둑, 그렇게 모든 가지를 자르다 보면 결국 통나무처럼 덩그러니 혼자 남는 건가? 그런 생각을 했다고 남편에게 말하니 그가 말했다. 내게 그런 일은 일어나지 않겠지만 만약에 통나무가 되어도 그 곁에는 자기가 있을 거라고.

어두워도 괜찮아

청첩장은 어려워

청첩장을 만들어야 하는 때가 왔다. 곰곰이 결혼식에 초
대하고 싶은 사람들을 생각해봤다. 늘 가족들만 초대하는
작은 결혼을 꿈꿨던지라 친구는 세 명만 부르면 되겠다는 마
음이었는데, 큰 결혼식에 사람들을 초대하자니 고민이 많았
다. 내가 초대했을 때 부담스러워하지는 않을지 걱정되었고,
그 사람의 시간을 나에게 쓰는 일이니 너무 바빠 보이는 사
람에게는 소식을 전하는 것도 어려웠다. 그렇다고 알리지 않
으면 서운해하는 사람들도 있을 테니, 더더욱 애를 먹었다.
어느 정도 리스트가 마무리되고 고등학교 동창들에게 연락
했다. 그런데 그중 한 명이 내게 이런 말을 했다.

"결혼 준비하니까 연락하네?"

내가 나온 고등학교는 적은 인원수가 한 반이 되어 3년
내내 같이 지냈던 곳이었다. 그래서 다른 동창에게 소식을
전해 들으면 서운해할 것 같아 한 결정이었는데 날 선 대답
이 돌아왔다. 그런 답을 듣고 나니까 연락에 대한 기준이 더
신중해졌다. '쫄보'가 되어버린 나는 결국 최소의 사람들에
게만 연락했고, 결혼식이 끝나고 친구 몇 명과 지인들에게는
서운하다는 이야기를 듣고 말았다. 한 친구는 전날까지도 내

게 먼저 연락해 청첩장을 달라고 할까 고민했다고 했고, 또 어떤 지인은 결혼식 초대도 못 했는데 선물과 축의금을 보내기도 했다. 너무 미안했고 또 고마웠다. 서로의 속을 다 알 수 있다면 좋을 텐데, 너무도 어려운 사람과 사람 사이.

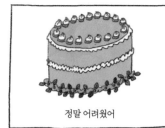

정말 어려웠어

누군가를 초대한다는 것이

나는 좋아해도

나를 안 좋아할 수도 있고

좋아하는 건 아니어도

계속 볼 사이니 초대할 수도 있고

근데 라라 언니가

웨딩슈즈를 만들어 줬잖아

정말 감동받았어

결혼식을 준비하면서

나에 대한 사람들의 마음이 어떤지

알지 못했던 걸 보게 되는 것 같아

때때로 축하라는 것은

오히려 위로보다도

어려운 거잖아

나의 행복을 빌어주는
사람들을 알게 됐어

고마운 사람들

복권 되면 어떡하지?

꿈을 꿨다. 너무 놀라 눈이 번쩍 떠졌는데 이건 보통 꿈이 아닌 게 분명했다. 옆에서 자고 있던 남편을 흔들어 깨웠다.

"일어나봐. 진짜 나 대박 꿈을 꿨어."

"으응?"

"빨리 옷 입어. 복권 사러 가야 해."

그렇게 일어나자마자 복권을 사러 갔다.

"진짜 될 것 같지? 진짜 될 것 같은데 되면 어떡하지?"

우리는 복권이 되면 무엇을 할 것인지 한참을 떠들었다. 30억이 된다고 가정하고, 양가 부모님께 얼마를 드려야 할지부터 시작했다. 5억씩 드리기로 하고 나머지 20억으로는 무얼 하면 좋을까 생각하다가 나는 갤러리랑 작업실이 같이 있는 상가를 사고 싶다고 말했다. 남편도 쿨하게 동의하며 결혼 준비할 때 본 8,000만 원짜리 옐로 다이아몬드를 사준단다. 맙소사. 생각만으로도 고마웠다.

남은 10억으로는 뭘 할 거냐 물으니 여행을 다니고 싶다고 했다. 어느 나라를 갈지 같이 고민하며 현은 일을 쉴까 생각했다. 나도 그러라고. 좀 쉬라고 했다. 들뜬 마음으로 점심을 먹고 온종일 돈 이야기를 하다 저녁에 포장마차에 가서 또 로또 이야기를 했다.

현이 아무래도 부모님께 한 번에 5억을 드리는 것보단 일단 차를 바꿔드리고 크루즈 여행을 보내드리기도 하고 꾸준히 조금씩 해드리는 게 좋을 것 같다고 했다. 복권에 당첨된 건 우리 둘만 아는 게 좋을 것 같다고. 듣고 보니 그런 것 같아서 그러자고 했다. 풍선만 한 마음은 이미 열기구처럼 커져 하늘 저 높이 꼭대기까지 올라갔다. 우리는 로또 발표 시간에 맞춰 집으로 돌아갔고, 올라간 열기구는 금세 땅으로 내려왔다. 꿈은 모두 물거품이 되었다. 어? 분명 대단한 꿈이었는데?

태몽

아, 배부르다

결혼하고 둘 다 15kg 정도 쪘다. 결혼식을 한다고 뭐 대단한 다이어트를 한 것도 아니면서 공항에서 현은 과자를 몇만 원어치를 사더니 "탄수화물 파티다" 외쳤다. 신혼여행 첫 번째 숙소에서는 작은 컵라면 여섯 개를 먹어치워 볼록하게 나온 배와 기념사진을 찍기도 했다. 그 뒤로 매일 밤 우리 집은 요리 교실이자 식당이자 술집이 되었다.

두바이에서 먹었던 카레가 다시 먹고 싶어 온갖 조미료를 사고 베트남에서 먹은 1,200원짜리 덮밥이 생각나 재스민 쌀을 직구로 샀다. 얼마 전에 먹은 마라탕을 집에서 무한으로 먹기 위해 마라 재료를 다 샀다. 그렇게 진심으로 최선을 다해 아침과 저녁을 먹고도 야식을 시키고 술도 마신다.

"크, 행복하다. 행복이 별거 있나."

"뭐 재밌는 것 보자!"

텔레비전을 틀어놓고 화면에서 던져주는 주제로 어린 시절 이야기부터 정치, 꿈, 취향 등의 이야기를 끊임없이 하고 깔깔거리면서 끊임없이 먹는다. 맛있어 보이는 게 있으면 서로 입에도 넣어주기도 하며. 아, 배부르다. 그래. 행복이 별거 있나.

오늘은
베트남에서 먹었던

껌빈전입니다
(com;밥, binh dan;서민)

자 여기
재스민 쌀밥이고요

반찬은
돼지고기 볶은 것과

달걀 요리와 두부 튀김

볶은 감자와 생선구이입니다

맛이 어떠세요

여기가 베트남이죠?

쿵 짝

아빠와 남편

아빠의 장점은 손재주가 좋아 집 안 어디든 손길이 필요한 곳을 스스로 찾아내고 고치고 다듬는다는 것이다. 화장실 불이 나가면 재깍 갈고, 문지방이 더러우면 페인트칠을 곱게 한다. 혹시 우리가 밟을 수도 있으니 문지방 앞뒤로 신문지를 크게 붙여둔다.

내가 자취할 때 아빠가 한 번 다녀가시면 집 안이 싹 정리되었다. 콘센트 위치가 애매해서 멀티탭을 이용해서 이것저것을 꽂아 사용했는데, 선이 정리가 안 되어 지저분해 보였다. 그 모습을 본 아빠가 아침 일찍 전선사에 다녀오시더니 '쫄대'를 이용해 선을 깔끔하게 정리했다. 어지러운 선들을 싱크대 위쪽으로 쫙 붙여놔 눈에 거슬리는 게 하나 없게 말이다. 지퍼가 잘 안 된다고 투덜거리면 "일로 줘봐라" 하시며 금방 고쳐줬고 하수구 물이 잘 안 내려간다고 하면 물이 콸콸 흐르게 고쳐주는 사람. 그렇게 어릴 때부터 아빠라는 존재는 내게 뚝딱뚝딱 집 안의 어려운 문제를 나서서 해결해주는 든든한 사람이었다.

하지만 현은 달랐다. 지금 우리 집은 무엇이 부서지면 부서진 대로 고장 나면 고장 난 대로 그렇게 굴러가고 있다. 하루는 어머님이 내게 물으셨다.

　"현이 집에서 뭐 전구는 갈 줄 아니?"

　"아…, 아니요!"

　"지 아빠랑 똑같네."

　그 말이 어쩐지 너무 웃겨서 우리는 함께 크게 웃었다.

우리의 일

미묘하고 거추장스러운 경쟁들

가끔 SNS는 자랑의 장 같다는 생각을 한다. 좋은 곳에 간 사람은 이만큼 좋은 시간을 보냈다고 올리고, 비싸고 좋은 것을 사면 이런 것을 샀다며 받았다며 자랑한다. 대부분 '물질'과 '사랑받음'에 대한 이야기이다. 오랫동안 개인 인스타는 하지 않았다. 그러다 오리여인 계정의 오랜 구독자분들을 나도 팔로우하고 싶었고 친한 친구들과 결혼 생활을 공유해볼까 싶어 개인 계정을 하나 만들었는데 그때부터 나도 시작이었다. 근사하고 좋은 곳에 가거나 사랑받은 순간들을 올리기 시작했다. 업로드용 사진을 찍으려 음식을 먹으러 가서도 사진 찍는 데 공을 들였다. 접시도 이리저리, 컵도 앞으로 뒤로 움직이며. 정작 가장 중요한 음식은 식어갔다. 사진에 공을 들이니 시간의 의미보다 보이기에 좋은 곳을 가려고 하고, 내 생각을 적기보다 내가 가진 것을 올리는 나를 발견했다. 그럴수록 마음이 불편해지고 불안해져서 결국 친구도 다다시 끊고 혼자 보는 계정으로 만들어버렸다. 그러고 나서 당시 예약해뒀던 호텔은 취소하고 원래 가고 싶던 작고 귀여운 오두막을 다시 예약했다. 남편 생일에 가기로 한 비싼 식당 예약은 그대로 유지했다. 내가 정말 원하는 것과 보여주기

식의 소비와 물질이 조금 구분되는 것 같았다. SNS를 지웠더니 뭐랄까, 물질로부터 해방인 느낌이 든달까.

마음의 소리를 들어봐

광이 나는 화분

현은 내게 늘 예쁘다고 말해준다. 귀엽다고 예쁘다고 하루에도 몇 번이고 말을 해주면 그 말을 듣는 나는 윤기가 나고 반질반질해졌다. 화분의 나뭇잎을 매일 한 잎 한 잎 닦아주면 잎사귀가 반질반질 광택이 나듯 말이다. 그렇게 광택이 나는 잎을 가진 화분은 흔히 볼 수 있는 종류여도 더 눈이 가고 예쁘게 보인다. 현은 나를 반짝이게 만든다.

사랑은 눈에 보이지 않는다지만

어쩌면 사랑만큼 잘 보이는 건 없어

사랑을 주는 사람도

사랑을 받는 사람도

확실히 달라

반대로 사랑을 받을 줄 모르거나

사랑을 주지 못하는 사람도 달라

물론 사랑은 자신에게도

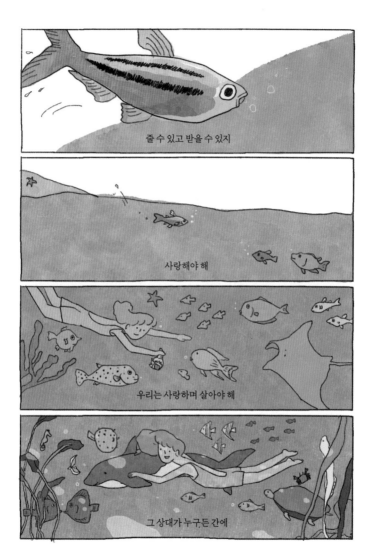

줄 수 있고 받을 수 있지

사랑해야 해

우리는 사랑하며 살아야 해

그 상대가 누구든 간에

사랑, 사랑, 사랑

우리가 먹는 것들

현과 나는 식성이 정말 비슷하다. 우리가 외식을 가장 많이 하는 메뉴 중 하나가 국밥인데, 특히나 나는 국밥집에서 나오는 김치를 하얀 쌀밥에 올려 젓가락으로 쌈을 싸듯 감싸서 먹는 것을 좋아한다. 한가득 입안에 흰쌀밥과 김치를 넣고 우걱우걱 씹다 보면 얼마나 맛있는지. 국밥집에서 첫 순서로 빠질 수 없는 행위이다. 그렇게 매번 첫입을 먹다 보니 이제는 이 집이 중국산을 쓰는지 국산을 쓰는지, 아니면 식당에서 직접 담근 건지 등을 꽤 잘 맞춘다. 오늘도 국밥집에 가서 국밥을 기다리다가 내가 쌀밥에 김치를 감싸 먹으니 현이 웃는다. 웃는 현을 바라보며 "난 전생에 머슴이 틀림없었어"라고 내가 말하고 우걱우걱 씹으니 푸하하 웃는다. 고추를 쌈장에 찍으며 현에게 "우리는 어떤 사람들이었을까?"라고 묻자 그가 말했다.

"우리는 둘 다 왕족은 아니었을 것 같아. 아마 나는 심부름꾼이었을 거야. 건망증이 좀 있어서 꾸지람을 듣는 심부름꾼. 근데 성실해서 주인댁에서 고기도 삶아주고 밥도 잘 줬을 것 같아. 나는 욕심이 없으니까 잘 먹고 잘 잘 수만 있으면 불만 없이 한집에서 오래오래 일했을 거야. 오리는 높은 분

밑에서 시중을 드는 아이였을 것 같아. 높은 분이 뭘 먹으면 눈여겨보고 뭘 말해도 귀 기울이며 듣고 높은 분이 고민을 말하면 잘 들어주는 사람. 그러다 높은 분이 그림 그리는 모습을 옆에서 보다가 자기도 그려보면 안 되냐고 말했을 것 같아. 그렇게 혼자 그림도 그리고 글도 쓰는 사람이지 않았을까. 야무진 구석이 있어서 지도를 그리거나 세밀화를 그리는 곳에서 일하거나 시인이 되었을 것 같아."

"그럼 우리는 친구였을까? 김치에 밥 먹고 국밥 후르르 마시다 마주친 적은 있었을까?"

이렇게 시시콜콜 쓸데없는 이야기를 주고받으며 마저 먹었다. 우리는 밥을 먹으며 서로의 웃음을 나누고 이런 이야기들도 배불리 먹는다.

현과 드라이브를 하다가

길에 멈춰서 꽃 사진을 찍는 아저씨를 봤다

감성적으로 사는 것은
중요한 것 같아

감성 중요하지

오래도록 그런 것을 가진 채로

본능적으로

임신 사실을 알고 얼마 지나지 않아 바로 입덧이 시작되었다. 정말이지 지옥의 시간이었다. 나는 바다 위에 있고 내가 탄 작고 작은 통통배는 24시간 파도와 바람에 흔들리는 기분이었다. 토하고 토하고 또 토해서 목은 가버렸고 가슴은 불타는 것 같았다. 그리고 냄새에 얼마나 민감해지는지 밥 짓는 냄새도 고통스러울 뿐 아니라 남편이 옆에 있으면 전에는 아예 인식하지도 못했던 살냄새 때문에 같이 누워 있지 못했다. 그렇게 시름시름 괴로워하다가 결국 병원에 말하니 '디클렉틴'이라는 입덧약이 있다고 처방해주셨다. 내가 임신하기 몇 년 전 개발되었다는 그 약을 먹으니 정말 입덧이 많이 호전되었다. 하루에도 몇 번씩 변기를 끌어안고 화장실에 있고 샤워할 때는 바디워시 향에 울렁, 세수할 때는 비누 냄새에 울렁거렸는데 많은 것들이 좋아졌다.

지금은 임산부가 먹으면 좋지 않은 것도 많이 알려져 있고 상한 음식도 잘 없지만, 그전에는 알 수 없었던 조금이라도 상하거나 해로운 것들을 막기 위해 후각이 예민해지고 입덧이 생기는 게 아닐까. 마치 아기를 지키는 무기 같은 것.

퀵 기사님

얼마 전 사인해야 할 일이 있어 집으로 많은 책이 도착했다. 책이 들어 있어 무게가 상당한 상자를 수레에 올린 퀵 기사님이 현관문에 내려주다가 배가 불룩한 나를 보고는 현관 안으로 들여다 놓을 건지 묻는다. 그렇다고 하니 그럼 본인이 옮겨주겠다 하셨다. 미안한 마음에 괜찮다고 말씀드렸는데 별일 아니라는 듯이 금방 한다며 안으로 옮겨주셨다. 얼마나 가지런히 쌓아주셨는지 고마운 마음이 들었다. 기사님에게 물을 한 잔 가져다드리니 이렇게 말씀하신다.

"저도 딸이 있어요. 아내 배가 지금 딱 이만해요."

부모가 부모에게

자두와 LA갈비와 홍어

무시무시한 입덧을 지나니 자꾸만 먹을 것이 생각났다. 가장 신기했던 건 평생 스스로 과일을 찾아 먹은 적이 없었는데 계속해서 과일 생각이 난다는 거였다. 시골에서 태어나서 이 집 저 집에서 좋은 자두며 포도며 배추며 감자며 질 좋은 농산물을 받아 풍족하게 먹으며 자랐다. 하얗게 설탕 가루를 뿌린 듯한 뽀얗고 주먹만 한 자두는 친구네 할머니 집에서 따 먹었고, 사과는 외갓집 나무에서 제일 예쁜 빨간색을 골라 먹었다. 그렇게 시골에서 제일 좋은 것들을 실컷 먹고 자랐으니 서울에 올라와서 만난 과일들은 그저 그랬다. 엄마가 나를 따라다니며 썩기 전에 다 먹어야 한다며 입안에 계속 넣어주기도 했는데, 그때 질렸는지도 모르겠다. 성인이 되고 나서는 나를 위해 내 돈으로 과일을 사 본 적도 없었다.

그랬던 내가, 임신을 하니 어찌나 새콤하고 시큼한 것들이 당기는지 자꾸만 머릿속에 맴돌았다. 그중 제일 첫 번째 타자가 자두였다. 물렁한 자두 말고 씨앗이 큼지막한 딱딱한 자두. 오돌토돌한 씨앗이 혀에 닿으면 전기가 찌릿하게 올 정도로 '새그러워서' 침이 확 쏟아지는 그런 자두. 태어나 처음으로 자두가 먹고 싶었다.

그렇게 몇 달을 자두를 먹어대던 다음은 LA갈비였다. 양념하지 않은 생갈비. 어릴 때 많이 먹던 딱 그때의 LA갈비. 엄마 말로는 그때 다른 부위보다 LA갈비가 저렴해서 많이 사서 먹었다던데 몸이 기억하는 것인지 오직 LA갈비가 자꾸만 생각났다. 일주일에 세 번은 LA갈비를 구웠다.

나머지 날들은 홍어를 먹었다. 남편은 홍어를 좋아했지만 나는 홍어를 시도할 때마다 구역질했다. 근데 이상하게도 제대로 먹어본 적도 없는 홍어가 생각났다. 새콤한 신김치에 쫄깃한 홍어에 기름 좔좔 흐르는 비계가 있는 돼지고기를 싸서 한입에 넣고 싶었다. 임신하면 남편이 좋아하는 음식이 생각난다더니, 쉴 새 없이 홍어가 집으로 배달되었다. 몇 주도 아니고 몇 달을 그렇게 먹어대니 남편은 도저히 못 먹겠다고 했지만, 나는 그걸로도 만족이 안 되어 홍어애탕까지 종종 먹었다. 그 시절은 홍어 냄새 때문에 온 집 안의 창문이 늘 열려 있었다. 그러니까 선이는 자두와 LA갈비와 홍어로 만들어진 아이.

자두

서로 다른 모습이지만

어릴 땐 아빠의 우렁찬 목소리와 대장부 같은 행동들이 싫었다. 좀 무섭기도 했고 어떨 때는 창피하기도 했다. 식당에서 큰 소리로 말할 때마다, 직원분께 넉살 좋게 농담을 섞어 말하면 괜히 내가 민망했다. 무엇이 잘못되었을 때 그 자리에서 바로 말하는 것도 싫었다. 물론 아빠가 그러셨기 때문에 엄마는 살면서 누구에게 화를 낼 일도 앞에 나서서 말할 일도 없었겠지만. 현은 말할 때 나긋나긋 다정하다. 언제나 부드럽고 곰살궂게 대해준다. 그래서 함께 이야기할 때면 늘 마음이 편안해졌다.

층간소음으로 억울한 일이 꽤 오래 지속되었던 시기가 있었다. 하지만 현은 싸우지 않았다. 우리가 더 조심하자고 대꾸하지 말자고 했다. 가끔은 아빠처럼 큰 소리를 한 번쯤 내줬으면 좋겠다 싶을 때도 있었다. 아빠라면 당장 내려가서 아니라고 오해라고 직접 이야기했을 텐데, 그럼 더 빨리 해결될 수 있지 않았을까 하는. 결국 참다 참다 내가 나섰는데, 옆에서 보기만 했으면서 그것만으로 현은 2주를 드러누웠다.

보드랍고 보드라운 현과 산다. 그래서 대부분 평안하지만 가끔은 내가 맹수가 되어야 한다. 투박하고 거친 아빠 옆

이었기에 엄마는 억울하거나 답답한 일이 없었겠지. 내가 싫
어하던 아빠의 모습이 엄마에게는 참 든든한 곁이었을 수도
있겠구나.

현은 달팽이 같다

조용히 풀잎을 갉아 먹다

굼벵이인 나와 친구를 하고

비가 오면 좋아하고

느리게 느리게 걸어가고

번개나 천둥이 치면

그 안에 쏙 들어가는

그래도 이제는 너랑 함께 가잖아

화 못 내는 사람

배가 부풀어 올랐다

아랫배가 조금 나오더니 가슴 바로 밑까지 부풀어 올랐다. 바늘로 찌르면 펑, 하고 터질 것 같이 부풀었고 늘어진 뱃살은 나무껍질처럼 툭툭 갈라졌다. 오일을 바르고 튼살 크림을 수시로 발라도 더 붉고 짙게 선이 생겨갈 뿐이었다. 그래, 상처는 어쩔 수 없겠지. 병아리도 달걀을 깨고 나오려면 알에 금이 가잖아.

내 배를 깨고 나오는 너

늑대의 삶

수컷 늑대는 한 번 암컷과 짝을 맺고 새끼들을 낳으면 한 평생 그 가정에만 집중하면서 살아간다. 수컷도 암컷도 모두 무리를 이끄는 리더가 될 수 있다. 암컷이 사라지면 수컷이 새끼를 보살피고 암컷이 죽어도 수컷은 자기 새끼를 끝까지 키워낸다. 한 번 짝을 맺은 상대에게 평생 집중하며 살아간 다니 얼마나 아름답고 대단한지.

삶이 어떻게 흘러갈지는 누구도 모르는 일이겠지만, 나도 10년이고 20년이고 그렇게 50년이 넘는 시간을 누군가와 함께 평생을 살며 한 사람을 알아가고 싶다. 나라는 사람을 어떤 이에게 50년 동안 보여주고, 한 사람을 50년 동안 알아가는 그 세월의 깊이는 정말로 큰 사랑과 인내가 있어야 가능한 일일 거야. 우주의 어떤 도움과 늑대의 영혼 한 조각이 있어야 할 수 있겠지. 그 어떤 도움이 나의 삶에도 깃들길.

요즘의 마음

친구에게 크게 축하할 일이 있어 그림을 선물했다. 아주 기뻐하며 내 그림을 예뻐해줘서, 그 마음이 며칠째 이어진다. 주었는데 받은 기분이다.

남편의 할머니가 돌아가셨다. 병상에서 15년을 계셨다. 나는 할머니가 자유롭게 하늘로 훨훨 가실 거라는 생각을 했다. 아버님과 어머님이 많이 슬퍼하셨다. 어머님을 안아주었는데 내가 울 것 같았다. 어머님을 안아본 건 결혼식 이후 처음인데 따뜻했다.

만삭인 나는 잠깐 장례식을 다녀오고 며칠째 거의 홀로 보낸다. 몸이 힘들어서인지 잠도 많이 자고 가만히 누워 생각도 많이 한다. 큰 그림을 그리고 싶다는 생각이 자꾸 든다. 내년에는 외주 작업은 더욱 줄이고 나의 그림과 글에 매진하고 싶다. 더 자유롭게 그리고 싶다. 읽고 싶은 책도 좋지만, 다음에는 가지고 싶은 책을 만들고 싶다. 다음 달에 아기가 태어난다. 엄마로서도 작가로서도 잘 살 수 있겠지?

우리가 모르는 일

메리 크리스마스

"메리 크리스마스."

"둘이 크리스마스를 보내는 건 마지막이겠네."

12월이 되자 현이 집 곳곳을 꾸몄다. 다음 달이 예정일이라 배는 남산만 해졌고 움직이면 배가 아파 어디로도 갈 수 없는 나를 위해 집 전체를 크리스마스 느낌으로 꾸며주었다. 꼬마전구로 멋을 내고 곳곳에 예쁜 풍선을 달고, 반짝이는 작은 트리에도 불을 밝힌다. "이제 신혼이 끝나는 건가?" 하고 웃으니 현은 무슨 말이냐며 정색을 한다.

나는 둘이 사는 게 정말 좋았다. 나와 정말 잘 맞는 사람과 함께하게 되면서 행복하다는 마음이 차올라 비로소 괜찮아지는 것 같았는데, 셋이 함께하는 삶은 또 어떨지 도통 감이 오지 않았다. 그렇게 앉아 있다 보니 발도 저리고 배도 터질 것 같아 소파에 누웠다. "결혼 후 첫 크리스마스에는 어디 근사한 데에서 보내고 싶었는데"라는 말이 튀어나오자 그가 말했다.

"언젠가 우리가 다시 둘이 크리스마스를 보내게 되면 더 애틋할 거야."

6개월 만에 결혼, 결혼 3개월 차에 임신, 그리고 한 달 뒤

에 출산이라니. 정신이 하나도 없고 혼란스러웠던 길고도 짧
은 나의 1년.

삼, 셋이 살게 되었습니다

태어난 것을 축하해

나는 응급 제왕으로 아이를 낳았다. 다리와 손을 붕대로 칭칭 감아 양손과 양발을 벌렸다. 배는 불뚝해서 마치 큰 거미가 된 듯했다. 주변에 마스크를 낀 의사 선생님과 눈이 부신 새하얀 조명 그리고 어수선한 상황이 너무나 긴장되어 숨이 안 쉬어졌다. 너무 무서워 계속해서 선생님을 외쳤지만 다들 긴박하게 수술 준비를 하느라 아무도 날 바라봐주지 않았다. 공포감에 눈물이 찔끔 났다.

"선생님! 숨이 안 쉬어져요!"

그제야 의사 선생님이 뒤돌아보시며 호흡법을 알려주셨다. 그리고는 "마취할게요" 하는 말과 동시에 기억을 잃었다.

"산모님, 산모님 일어나세요."

나를 부르는 소리에 눈이 떠졌다. 다시 앞이 보였고 그러자 배가 너무나 아팠다. 옆에서 남편이 내 손을 잡아주고 있었다. 정신을 차리자마자 "산모님, 아기 들어와요" 하는 소리와 함께 아기가 수레를 타고 다가왔다. 그 정신없는 와중에도 명확히 생각나는 아기 얼굴. "어…, 예쁘네?"

태지가 많이 낀다던데 얼굴은 깨끗했다. 루이보스를 마시면 깨끗하다는 소리를 들었는데, 입덧 때문에 맹물은 못

마시고 루이보스만 마셔서일까. 태어났을 때의 못생김을 각오하고 있었는데 너무나 예뻐서 놀랐다. 그리고 "응애, 응애" 우는 소리가 정말 조그마했고, 몸은 생각보다 더 너무너무 작았다. 내 팔목보다도 여리고 얇은 허벅지. 하긴 이렇게 작아야지 내 배 속에 있는 게 가능하겠구나 생각하면서, 이렇게 말해주었다. 선이야, 세상에 태어난 것을 축하해.

정말로 신기해

나는 왜 이리 슬프지

출산 후 내 감정은 더 불안정했다. 내 인생에서 가장 많이 운 1년이었다. 특별한 이유도 없었다. 아이가 웃어도 울었고, 아이가 울어도 울었고, 남편이 건네는 작은 한마디에도 울었고, 누굴 만나 이야기를 하다가도 울었다. 그 기간은 계속 그랬다.

태어난 아이는 온순한 편이었고 남편도 자상했다. 하지만 아이가 순하고 현이 잘 챙겨준다고 해서 사라지는, 그런 일차원적인 감정은 아니었다. 마치 우주 은하수 어디쯤에서 혹은 바닷속 깊은 심해에서 시작된 내가 거역할 수 없는 우울 같았다. 너무나 예쁜 아이를 낳았는데 나는 왜 이리 슬프지. 스스로 비참한 인간이고 비정한 엄마라 생각했다.

너를 부르는 소리

이름이란 어떤 의미일까. 사람을 만났을 때 처음 물어보는 것, 이름. 나도 많이 쓰지만 남이 더 많이 사용하는 것. 이름. 어릴 때를 떠올리면 가장 먼저 생각나는 장면도 친구들이 내 이름을 부르며 달려오는 모습이다. 그때 우리는 아는 애만 만나면 크게 이름을 부르고 손을 흔들었다. 그 시기를 지나 어른이 되면 직장을 다니고 그 이름이나 성 뒤로 직급도 따라붙는다. 그리고 그 이름을 작게 속삭여주는 사랑하는 사람이 생기기도 한다. 할머니와 할아버지가 돌아가셨을 때도 사진 옆에서 이름만이 끝까지 함께였다. 한 번 지으면 한평생을 함께하는 것, 이름. 가끔 이름이 고운 사람을 만나면 괜히 그 사람까지 분위기 있어 보이기도 한다. 발음이나 모양, 그 어떤 느낌까지도 이름 안에 있다.

아기를 가졌을 때 첫 번째 큰 임무는 내 아이의 이름을 지어주는 일이었다. 한 인간이 평생 불리게 될 이름을 지어준다는 것은 보통 어려운 일이 아니었다. 남편과 나는 흔하지 않으면서도 다른 나라에서도 쉽게 불릴 수 있는 쉬운 발음의 이름을 지어주고 싶었다. 그렇게 우리가 좋아하는 음과 뜻, 모양을 골랐다. 태어나기 전부터 몇 달을 고민하고 태어나서 몇 주를 꼬박 아기 이름만 고민한 것 같다. 나는 외자로 이름을 짓고 싶었는데 남편은 내 성을 꼭 이름에 넣고 싶어 했다. 그래서 우리가 생각하는 외자 이름에 내 성과 붙여 두 음절로 이름을 지었다. 우리의 마음을 담은 이 이름이 평생 너를 좋은 곳으로 데려가주길. 너의 이름이 불리는 순간들은 좋은 기억으로 남게 되기를.

꽃의 이름

배꼽

아기가 태어나고 자꾸만 탯줄에 눈길이 갔다. 배꼽 자리에 도톰한 살덩이가 집게에 꼭 집혀 있었다. 저 끈 같은 살덩이가 나와 아기를 이어주었다는 거지? 내가 숨 쉬고 먹고 생각한 것들이 모두 저 탯줄로 들어간 걸까. 그 도톰한 선은 시간이 가면 갈수록 말라지고 작아지더니 어느 날 "제대 탈락했습니다" 하는 문구와 함께 내게 돌아왔다. 탯줄이 똑 떨어진 자리에는 배꼽이 생겼고 나는 미라처럼 말라비틀어진 까만 살덩이를 받았다. 그 까맣고 찌그러진 것을 받고 한참을 보았다. 이제 아기는 엄마와 그 어떤 것도 연결되지 않은, 온전한 하나의 생명 자체가 되었다. 그렇게 선이는 배꼽이 생겼고 정말 세상에 태어났다.

어찌 보면 배꼽은 흉터잖아

근데 그게 꽤 괜찮은 거 같아

내가 아이를 배 속에서 키워냈다는

단 하나의 증명 같아

엄마가 준 흉터

선이가 집에 온 날

조리원을 나와 집으로 들어왔다. 정말로 어디서부터 무얼 어떻게 해야 할지 정신이 나갈 지경이었다. 조리원에서 빈 젖병에 분유 몇 스푼 넣어준 것을 들고 현에게 물었다.

"선생님이 60ml까지 물을 넣으라고 했지? 그럼 섞은 상태에서 60ml가 되게 하는 건가. 아니면 물을 60ml를 더 부으는 건가?"

그때 선이가 울기 시작했다. 내 손바닥보다 작은 얼굴로 입을 쫙 벌리고 작은 혀와 목젖이 발발 떨고 있었다.

"응애~."

몸집도 목청도 작은 선이의 우는 소리가 얼마나 안쓰러운지, 어서 분유를 타야 하는데 인터넷에서 유튜브에서 검색하고 겨우겨우 분유통에 물을 넣어 선이 입에 물렸다. 죽다 살았다는 듯이 허겁지겁 조금 먹어 보이더니 더는 먹지 않는다. 뜨거워서 그런 건가 아니면 차가워졌나, 몇 번을 다시 시도해도 선이는 고개를 쫙 돌린 채 먹지 않았다.

"어, 응가했다."

그 말에 기저귀를 찾고 면 기저귀를 깔아두고 세면대에 물을 틀었다. 애를 어떻게 들어야 하는지를 몰라 또 한참을 우왕좌왕하다가 어찌어찌 씻기고 옷을 갈아입혔다. 그러고 나니 땀이 뻘뻘 나서 선이를 중간에 두고 우리도 거실에 벌러덩 누웠는데, 금세 또 선이가 먹었던 분유를 조금 게워냈다.

"와…, 큰일 났다. 우리 이제 어쩌지?"

한 인간이 집으로 온다는 게
보통 일이 아니구나

출산물 리스트

이때부터였을까

초유가 좋다는 것은 흔히 알려진 이야기. 그래서 나 역시 당연히 선이에게 초유를 먹일 생각을 했다. 수술 후 다음다음 날부터 젖이 돌더니 초유가 찔끔 나왔다. 처음에는 양이 적어 초유 짜내기에 모든 집중을 했는데 고개를 숙이고 가슴을 돌리며 젖을 짜는 행위가 마치 동물이 된 것만 같았다. 삼십몇 년 동안 살면서 내 몸에 이런 기능이 있다는 사실을 전혀 모르고 살았는데 정말 어색했다. 초유가 한 방울씩 나오는 그 모습을 신랑이 볼까 봐 몰래 꽁꽁 숨어 젖을 짰다. 한 방울, 한 방울, 젖병에 젖이 떨어질 때 무거운 죄책감도 함께 내 마음에 똑똑 떨어졌다. 엄마가 아기에게 젖을 먹이는 건 신성하고 아름다운 일이라고 하던데 난 왜 불편한 마음이 드는 걸까. 많지도 않은, 찔끔 나온 노란 액체를 선이에게 가져다주고 다시 또 짜내길 반복했다.

"현, 내가 모유를 줄 때 아니 엄마가 아기에게 젖을 물리는 그 모습이 어때?"

"아름답지? 뭔가 신성한 영역 같은 느낌?"

"나도 그럴 줄 알았어. 근데 이상해. 그 느낌이 아니네."

초유를 불편해하는 건 내가 엄마로서 자격이 없다는 것

아닐까, 마음이 영 나아지지 않았다. 이때부터였을까. 스스로 좋은 엄마가 아닐 거라고 의심을 하게 된 것이.

그 엄마는 늘 손에 모유 팩을

달랑달랑 들고 힘들게 움직였는데

구부러진 몸으로 젖을 나르는 그를 보며

정말 수만 가지 감정이 들었다

엄마

잘 수 없는 날들

평생 졸리면 자고 일어나고 싶을 때 일어나는 삶을 살았는데, 아이 때문에 새벽에 몇 번이나 일어나야 하니 보통 힘든 게 아니었다. 두세 시간이 지나면 선이가 "으앙~" 하고 울면 분유를 찔끔 먹이고 재운다. 그리고 또 두세 시간 뒤면 "으앙~" 운다.

임신했을 때 잠이 엄청나게 쏟아졌던 날들이 생각났다. 기본적으로 잠이 별로 없는 사람인데 임신한 후로는 아침에도 일어나질 못하겠고 소파에 앉아 있어도 졸리고 밥을 먹어도 졸리고 해가 떠 있어도 졸리고 내내 잠에 취해서 사는 기분이었다. 그렇게 잤던 게 앞으로의 수면량을 미리 채운 걸지도 모르겠다.

제대로 잘 수 없는 날들이 길어지고 나는 더욱 예민해졌다. 그럴 때마다 남편은 손을 꼭 잡아주었다. 물 위에 둥둥 뜬 수달이 서로가 떠내려가지 않도록 손에 손을 잡듯, 우리는 서로의 손을 꼭 잡았다.

유아차

임신했을 때 일이다. 남편과 느리게 산책을 하다 힘이 들어 길에 있는 벤치에 앉아 있었다. 저 멀리서 유아차가 다가왔다. 임신하고 나니 아기와 유아차가 어찌나 눈에 잘 들어오는지. 내가 앉아 있던 곳은 매끄러운 길이 아닌 우둘투둘한 길이었는데 유아차가 돌 위로 통통 튀면서 다가오고 있었다. 가까이 다가오니 나도 모르게 아기 얼굴을 보고 싶어 빼꼼 고개를 내밀었는데 핸드폰을 보여주고 있는 것이 아닌가? 겨우 한두 살 된 것 같은 아이에게, 길도 좋지 않은데 핸드폰을 보여줬다면서 우리는 나중에 절대 그러지 말자고 약속했다. 이때는 아무것도 몰랐지.

남은 모르는 이야기들

나는 왜

난 누구와 함께 살 수 없는 사람일까. 아니 그래도 둘이 그럭저럭 잘 살아왔으니 엄마로서 한 존재를 키우고 희생하며 살 수 없는 사람인가. 내가 아는 엄마라는 존재는 자식을 위해 끝없이 희생하고 양초처럼 자기를 다 태워서라도 자식에게 불을 피우는 사람 아니었나. 나는 왜 그런 사람이 아닌 걸까.

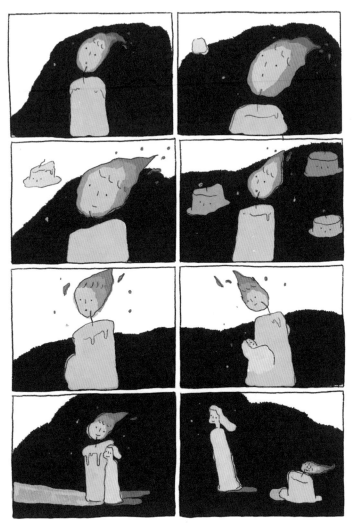

양초

한의원에 갔다

산후풍도 심해지고 몸 여기저기가 아픈 것 같아 주변에 물어물어 유명하다는 한의원에 찾아갔다. 여기도 아프고 저기도 아프다고 이야기하니 한의사 선생님이 말한다.

"그 아픈 건, 책임감 때문이에요."

"네?"

아이를 낳으면 엄마의 책임감이 훌쩍 올라간단다. 그래서 아이를 잘 키우기 위해 내 몸을 더욱 살피게 되는데 그렇게 온 신경을 곤두세우면 여기도 좀 아픈 것 같고 여기도 좀 안 좋은 것 같고 그런 마음이 든단다. 그게 엄마의 책임감이라고. 아이를 잘 키우고 잘 지키기 위한 마음이 자기 몸 상태까지도 걱정해서 그런 거라고.

의사에게 책임감이라는 단어를 듣자마자 이상하게 눈물이 펑펑 쏟아졌다. 조금 무서웠던 것 같기도 하다. 책임감이 이렇게 무거운 단어였나.

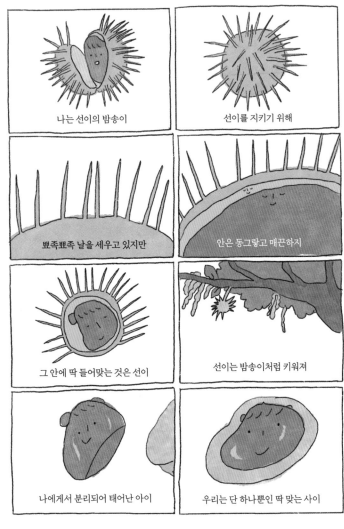

나는 선이의 밤송이

선이를 지키기 위해

뾰족뾰족 날을 세우고 있지만

안은 동그랗고 매끈하지

그 안에 딱 들어맞는 것은 선이

선이는 밤송이처럼 키워져

나에게서 분리되어 태어난 아이

우리는 단 하나뿐인 딱 맞는 사이

뾰족뾰족 동글동글

마음이 무너졌다

"오리야, 우리 상담을 받아볼까?"

한참 말없이 있다가 "그래. 그러는 게 나을 것 같아"라고 대답했다. 며칠 뒤에 바로 남편이 예약을 마치고 내게 말했다.

"그냥 산책 다녀온다 생각하고 한번 다녀와요."

그렇게 찾아간 곳에 이름을 쓰고 접수를 마치고 대기실에 앉아 있는데, 그때부터 눈물이 났다. 상담실 문을 열자마자 어떤 말도 꺼내지 못한 채 꺽꺽 내리 울기만 했다. 어쩌다 난 이 지경이 되어 상담소까지 찾아오게 된 거지. 상담소에 처음 가본 나는 그 자체만으로도 마음이 무너졌다. 난 정말 어디가 많이 아픈 걸까.

나는 물이 가득 차 있는 사람

이리 툭 부딪쳐도

저리 툭 부딪혀도

주르륵주르륵 울어버린다

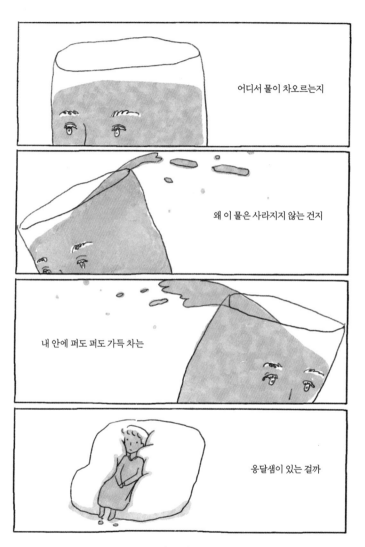

어디서 물이 차오르는지

왜 이 물은 사라지지 않는 건지

내 안에 퍼도 퍼도 가득 차는

옹달샘이 있는 걸까

나는 울보

그렇게 우리는

선이가 6개월 정도 되었을 때 우리는 드라이브를 참 많이 했다. 낮잠 시간에 맞추어 아이를 카시트에 태우고 밖을 그렇게 돌았는데 마치 쇼생크 탈출, 육아 해방 같았다. 그때마다 꼭 아이스아메리카노 두 잔을 함께 들이켰다. 정말이지 속이 후련해지는 기분이었다. 선이의 낮잠 시간은 두 시간, 그러니까 차에 태우면 두 시간의 자유가 있었다. 남편은 꼬박 운전해야 했지만 육아보다 운전이 훨씬 쉽고 편하다며 살 것 같다고 했다. 백색소음을 틀어두고, 아이가 깰까 봐 작은 목소리로 대화하면서도 정말 달콤했다.

하루는 배가 고파 아메리카노 대신 치킨을 먹기로 했다. 생각해보니 오후까지 아무것도 먹지 않고 선이 밥만 챙겼다. 그렇게 먹은 치킨, 얼마나 꿀맛이었는지. 튀기자마자 받아온 그날의 치킨은 잊을 수 없다. 포장을 뜯자 뜨거운 김이 확 올라왔고 차 안이 치킨 냄새로 꽉꽉 찼다. 치킨을 손으로 뜯어 호호 불면서 운전하는 남편 입에 넣어주면, 현은 입으로 치킨 살을 바르고 뼈를 뱉는 시늉을 한다. 그럼 나는 다시 휴지를 입에 가져다 댔다. 우리는 낄낄거리며 차 안에 나란히 앉아 두 시간의 제한 시간이 있는 드라이브를 즐겼다.

"우리 진짜 웃긴다. 그치?"

"그러게. 우리는 선이 키우면서 정말 한 팀이 되어가는 거 같아."

조금은 우스꽝스러워도 우리는 하나가 되어간다.

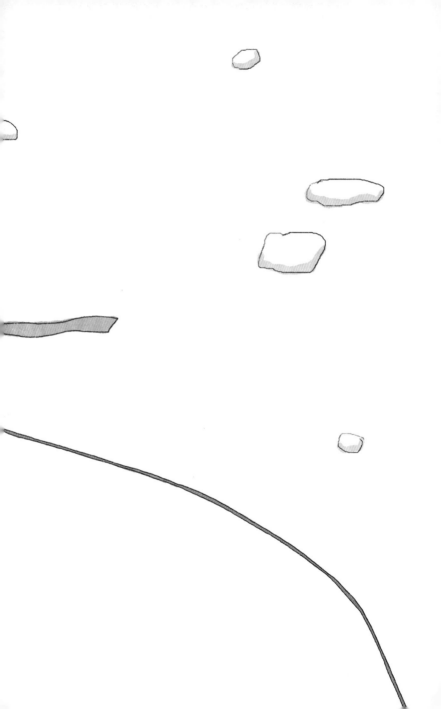

넌 무릎에서 나왔어

아기가 배에서 나오자 얼마나 몸이 가벼운지 숨부터 잘 쉬어졌다. 소화불량도 없어졌다. 무겁게 뒤뚱거리며 걷던 발도 어찌나 가벼운지 내 몸에서 고작 2.8kg이 나간 것이 맞나 싶은 느낌이었다.

선이를 가졌을 때 몸무게가 25kg 정도 불었다. 출산하고 몸이 훅 가벼워지자 무거운 살도 빨리 덜어내고 싶었다. 엄마는 미역국과 밥을 꼬박꼬박 챙겨 먹고 차가운 물이나 커피는 절대 마시지 말라고 했지만, 몰래몰래 아이스아메리카노를 마셨고 밥은 잘 먹지 않은 채 쫄바지나 수면 양말도 신지 않았다. 그저 몸이 가벼워진 것이 좋았다.

내가 갔던 조리원은 침대가 두 개였다. 산모 방이 너무 따뜻해서 그 안에 방 하나를 더 두고 침대가 있어 보통 남편들이 에어컨을 켜고 잤다. 나는 남편과 그 방에서 에어컨을 켜고 같이 잤다. 남편도 열이 많았고 조리원은 너무나 더웠다. 나도 시원한 남편 방이 너무나 좋았다.

선이가 태어난 날에는 눈이 내렸고 태어나고 나서도 눈이 계속 내렸다. 소복소복 얼마나 이쁜지 병원 가는 날에도 설레는 마음에 얇은 레깅스 하나 입고 나섰다. 눈이 너무 예뻐서 병원 앞에서 핸드폰을 들고 눈 사진을 찍었다. 일주일 전에 애를 낳은 것도 까먹은 채 그렇게 찬 바람을 쐬며 사진을 찍고 서 있었다.

그때였다. '쏘~옥' 하는 느낌이 들면서 무릎으로 찬바람이 들어왔다. 그날부터 무릎이 점점 아프더니 극심한 산후풍을 겪었다. 다리를 잘라내고 싶은 정도였다. 지금도 찬 바람이 불면, 그리고 선이가 태어난 1월이 되면 아직도 왼쪽 무릎이 시리다. 비가 오기 전날도 귀신같이 무릎이 시리다. 겨울에는 늘 전기장판을 켜고, 여름에는 얼굴에 선풍기를 무릎에는 핫팩을 붙인다. 선아, 넌 내 무릎에서 나왔어.

너를 택할 거야

극사실화

아이를 낳기 전까지 아이와 함께 말끔하게 꾸미고 밖에 나가는 것이 그렇게 힘든 일인지 몰랐다. 텔레비전에서 엄마를 묘사할 때 며칠 안 감은 듯한 머리를 질끈 묶고 후줄근한 옷에 음식이 묻어 있고 본인 핸드폰도 못 찾아 허둥거리는 장면을 볼 때마다 엄마라는 사람을 초라하게 표현하는 듯해서 불편한 적도 있었다. 하지만 텔레비전 속 묘사가 극사실화였다는 걸 이제야 알게 되었다.

칭얼거리는 아이를 들쳐 안고 슬리퍼를 신고 편의점에 가고, 온종일 쌓인 피로에 겨우 머리만 빗고 아이와 놀이터에 나가기도 한다. 애가 아프면 나 씻는 것도 까먹고 옆에서 새우처럼 웅크리고 함께 잔다. 그러면서 알게 되었지. 내가 편하고 내 아이가 편하고 내 마음이 편한 것이 최고라는 것을.

선이가 자라면

선이의 첫 손톱

선이의 손톱이 자랐다. 얼마나 여리고 작은지 손톱깎이로 깎다가 잘못 당기기라도 하면 홀랑 뽑혀버릴 것 같았다. 종이보다도 얇아서 마치 비닐이 붙어 있는 듯한 느낌이었다. 그렇게 찢어질 것 같은 얇은 손톱을 아주 작은 가위로 오려냈다. 숨도 꾹 참고 작디작은 손가락을 살짝 들고 손톱을 오려냈다. 손가락도 손톱도 혓바닥도 속눈썹도 발가락도 그 어느 하나 작지 않고 여리지 않은 것이 없었다. 이렇게 작은 인간은 내 인생 처음이었다. 이렇게 내 팔목만 한 작은 인간을 20년 동안 내가 키워야 한다니. 나 할 수 있겠지.

태어나자마자 병아리는 두 발로 걷고

바다코끼리는 수영을 하고

기린은 한 시간이 지나면 껑충 뛰고

타조는 한 달이 지나면 빠르게 뛴다

꿀벌은 태어나자마자 일한다

인간의 성장이 느린 것은

인간은 아주 연약하고

또 연약한 존재라 그런 거겠지

누군가가 오래 곁에서 키워야 해

눈 위의 소녀

두 번째로 찾은 상담소는 잔디와 소나무들이 있는 단독 주택이었다. 작은 방이 다닥다닥 붙어 있는 병원 같은 느낌이 아니라 첫인상이 좋았다. 상담을 기다리며 둘러보니 아기자기한 소품들과 책장 그리고 아름다운 동화책이 보였다. 하얀 눈밭이 그려진 것이었는데 추운 눈 위의 소녀가 나 같다고 생각하면서 조금 위로가 되었다.

"이리로 오세요" 하며 생긋 웃으시는 선생님을 따라 작은 방문을 열고 폭신한 1인용 소파에 앉았다. 테이블 위에는 갑 티슈만 덩그러니 있었는데 마치 '편하게 울어도 돼' 하고 내게 말하는 것 같았다. "안녕하세요" 하고 인사를 건네는 상담사 선생님의 말에 나는 또 한참을 울었다. 내게 무슨 말을 한 것도 아닌데, 말 한마디를 꺼내기가 어려워 울었다.

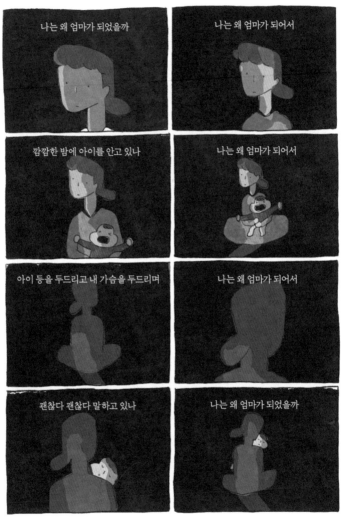

나는 왜

자연스러운 일

세 번째 상담부터는 무언가라도 짧게 말을 할 수 있었다. 마음속 깊은 이야기를 꺼내놓지는 못했지만 선생님과 이런저런 이야기를 나누었다.

"아이를 낳고 나니 모성애가 없는 사람이라고 느껴져요. 아니, 모성애는 둘째치고 순간순간 너무 우울해서 자꾸만 없어지고 싶어요. 내가 사라지는 기분이 들어요. 모래 한 줌이 바람에 흩날리듯 그렇게 사라질 존재 같아요. 여기 오게 된 건요. 어느 날 갑자기 슬픔이 확 치솟아 충동적으로 생을 그만하고 싶다고 생각하고 있더라고요. 그러다 정신이 돌아왔어요. 깜짝 놀라서 그날로 남편에게 나를 도와달라고 했어요. 그래서 상담을 받아보기로 했죠."

선생님은 가만히 내 이야기를 듣더니 잘 왔다며, 많은 엄마가 아이를 낳고 상담소를 찾는다고 했다. 많이들 겪는 일이라고 걱정 말라고, 아주 평범하고 자연스러운 거라고. 삶에 큰 변화가 일어났는데 이렇게 감정이 일렁이는 것은 당연한 거라고 했다.

아기랑 행복한 시간을 보내며, 다들 일도 하고 육아도 잘하고 잘만 사는 것 같았다. 그래서 나는 더더욱 작아졌다. 나는 왜 이리 힘든 걸까. 세상 엄마들은 육아의 행복을 잘 찾는 것 같은데 나는 행복한 감정이 생길 만하면 그 감정을 찢고 슬픔과 눈물이 몰려왔다. 나만 유별난 게 아니라니, 그것만으로도 조금 위로가 되었다.

어느 날 화가 나서 아이에게 소리를 질렀다

아이가 엉엉 울었다

그때 눈에는 보이지 않았지만

하늘에서 아이의 눈물만큼 별이 쏟아졌다

쏟아진 별이 모두 내 마음에 콕콕 박혔다

자고 있는 아이를 볼 때마다

해맑게 웃는 아이를 볼 때마다

그 별들은 나를 쿡쿡 찔렀다

별이 쏟아졌다

돌치레

선이 열이 치솟았다. 이렇게 열이 높게 난 적이 있었나. 39.8도를 찍고는 몸에 힘이 하나도 없었다. 몸도 작고 가는 아이가 아프니 너무 안되고 안쓰러웠다. 내가 대신 아플 수만 있다면 그러고 싶었다. 해열제를 투여하며 열이 잡히고 올라가기를 반복, 그렇게 3일이 지났고 월요일이 되었다. 몸에는 붉은 두드러기들이 가득 올라왔다. 병원 문을 열자마자 진료실에 들어가니 열꽃이란다. 선생님은 돌발진인 것 같다고 하셨다. 아, 이게 열꽃이구나. 1년을 잘 살았다고 온몸에서 열이 나고 장하다고 꽃이 핀 거였구나. 아가야, 1년 꼬박 자란다고 고생했어. 태어난 몸무게의 두 배 세 배가 될 때까지 자란다고 고생했어. 태어나 숨 쉬는 것부터 밥 먹는 것까지. 울고 웃고 앉고 걷고 고생이 많다. 정말로 고생이 많았어.

우리의 1년

귀엽다로 시작해서 귀엽다로 끝나는

선이는 정말로 예쁘다. 이마도 톡 튀어나왔고 머리통이 정말 밤톨 깎아놓은 것처럼 동글동글하다. 눈도 동그랗고 동그란 콧방울도 너무나 귀엽다. 입술도 도톰하고 작은 것이 정말로 이쁘다. 내 베개보다도 작은 키에, 잘 때 옆으로 눕혀놓으면 볼살이 푹 눌리는데 세상에서 제일 귀엽다. 손과 발도 진짜 조그마하다. 손가락이 너무 귀여워 입에도 넣고 발가락도 너무 귀여워 입에 넣었다가, 살짝 깨물어도 본다.

볼은 뽀얘서 중간에 진분홍빛이 살짝 돈다. 혀는 얼마나 작은지 마치 햄스터 혓바닥 같다. 하품할 때는 보통 앙증맞은 게 아니다. 주먹을 살포시 쥐고 있는 손도 너무 귀엽다. 까르르 웃을 때, 나를 볼 때, 울 때도 진짜 귀엽다. 모든 귀여움의 결정체이다.

머리핀을 꽂으면 눈이 동그래질 정도로 더 예뻐진다. 엉덩이는 얼마나 귀여운지 사과를 반으로 쪼개어 엎어둔 것 같다. 배꼽도 예쁜 선이는 안 예쁜 곳이 없다. 몇 개 없는 머리카락도 귀엽다. 그런 선이는 내가 낳았다.

내 세상은 온통 너야

행복이 가까운 사람

남편은 꿈이 크지 않다. 하루는 그에게 물었다.

"살면서 내가 앞으로 더 어떻게 해보겠다! 더 막, 어? 이렇게, 어? 그런 건 없어?"

"없는데? 난 지금이 좋아."

한때 유학 입시 학원에서 일했다. 그때 종종 "전 꿈이 없는데요?"라고 말하는 아이들이 있었다. 그냥 그림이 좋아서 할 뿐이라고, 큰 꿈은 없다고. 그럴 때마다 '어떻게 꿈이 없지?' 생각하던 나였는데 현이 꿈이 없는 사람이었다. 처음에는 왜 욕심도 야망도 없을까 싶었는데 요즘 보면 그는 행복 가까이에 사는 것처럼 보인다.

남과 비교하지 않으니 크게 마음 상할 일이 없고 무얼 기필코 이루겠다는 생각도 없으니 패배감을 느끼거나 큰 스트레스를 받지 않는다. 딸 선이의 행동을 마음속에 예쁘게 담아두고 그런 것들을 나누길 좋아하고 함께 이곳저곳 놀러다니는 것이 그의 유일한 취미이자 행복이다. 소소한 여러 개의 행복. 이렇게만 살면 좋겠다고 했으니 이미 꿈을 이룬 걸까? 아니, 꿈이 꼭 있어야 하는 건가?

넌 어쩜 그렇게 행복해?

맛있는 자두를 먹으면

눈이 동그래지며 배시시 웃고

동화책을 봐도 까르르

엄마가 커튼 뒤에 있다가

얼굴을 내밀어도 깔깔거리고

같이 목욕을 하다

비눗방울만 생겨도 웃는다

너는 어쩜 그리 많이 웃어?

너는 어쩜 그렇게 행복해?

행복이 덕지덕지 묻는다

모든 것을 잊고 한껏 행복해지는 밤

너로 인해

난 너에게 언제나

선이는 그림 그리기를 좋아한다. 엄마가 늘 아이패드나 종이를 들고 다녀서 그런 걸까. 내가 그림을 그리고 있으면 자기도 하고 싶어 한다. 그럴 때마다 "안 돼, 엄마 거야" 하고 거절하면 자기 책상에서 크레용으로 종이에 마구 그린다.

하루는 선이가 여러 색으로 빽빽하게 칠해놓은 종이가 너무 예뻐 냉장고에 붙여 놓았다. 선이가 밥 먹는 자리에서 바로 보이는 곳이었는데, 밥을 먹다 말고 그 종이를 보고는 손으로 가슴을 탁탁 치며 "나, 나"라고 한다. 자기가 그렸다는 뜻이다. 그래서 "선이가 그렸어?" 하고 말하면 눈도 코도 입도 동그랗게 하고 웃는다. 너무도 자랑스럽고 뿌듯한 표정으로. 그럴 때마다 나는 할 수 있는 만큼 마구 칭찬해준다. 며칠째 그 그림을 보고 뿌듯해하고 난 늘 처음인 양 잘했다고 최고라고 해준다. 낙서해도 칭찬과 예쁨을 받는 나이, 두 살. 누군가는 너무 칭찬해주는 게 좋지 않다고 하지만, 난 놓치지 않고 칭찬해주고 싶다. 이런 낙서도, 네가 무엇을 하든 엄마는 선이를 참 응원하고 지지할 거라고.

아이를 키운다는 건

어떤 씨앗인지 모르고 심는 일 같아

로즈메리가 될지 아카시아가 될지,

어쩌면 특별한 네 잎 클로버일 수도 있지

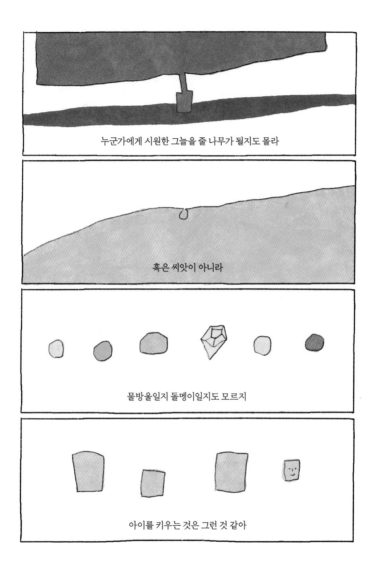

누군가에게 시원한 그늘을 줄 나무가 될지도 몰라

혹은 씨앗이 아니라

물방울일지 돌멩이일지도 모르지

아이를 키우는 것은 그런 것 같아

무엇이 되더라도, 뭘 하더라도, 어떻게 살더라도

나는 그 선택을 응원해줄 거야

넌 나에게 유일한 존재이니까

넌 무엇이 될까

무엇이 되어도 난 너의 엄마

회색빛 세상

사실 살면서 한 번도 지구 보호에 대해서 깊게 생각해본 적이 없었다. 미국에 있을 때는 아파트의 모든 쓰레기를 분리수거 없이 그냥 버렸는데, 한국의 엄격한 분리수거 앞에서는 사실 '이 작은 나라가 이런다고 뭐가 달라지나?' 생각했다. 그런데 선이가 태어나고 마음이 달라지기 시작했다. 자꾸만 체감되는 이상 기후가 걱정됐다. 선이가 스무 살, 서른 살이 되었을 때 이 세상이 쓰레기 더미이면 어쩌지? 현에게 물었다.

"우리가 열심히 분리수거하면 지구를 보호할 수 있다고 생각해?"

"모두가 분리수거하면 좋겠지만 그건 어쩔 수 없으니까."

"효과가 없다고 생각하지는 않아?"

"없지는 않겠지. 소수가 모여서 조금씩이라도 달라진다면."

그래. 비록 아주 미미하더라도 지금 당장 할 수 있는 일을 해보자. 우리가 노력한 결과가 단 한 그루의 초록 나무를 살리는 것뿐이라도. 한 번이라도 더 선선하고 깨끗한 바람을 맞을 수 있는 지금의 시간이 선이에게 늘어난다면 우리는 계속할 거야. 선이의 세상이 회색빛이 아닐 수 있다면.

대기하는 삶

뉴스에서는 연일 저출산이 심각하다고 말하지만 정작 실감하지 않는다. 선이를 가졌을 때 산부인과만 생각해봐도 그렇다. 늘 긴 줄을 기다려야 해서 병원 한 번 가는 게 보통 일이 아니었다. 첫아이라 궁금한 게 많아도 대기가 워낙 많은 탓에 제대로 묻지도 못하고 허둥지둥 진료를 보고 나왔다. 1월은 출생률이 높아 병원도 조리원도 자리가 꽉 찼고, 심지어 출산할 때 병원 자리가 안 날 수도 있다고 해서 굉장히 긴장했었다.

아이가 자라면서는 더 심각했다. 국공립 어린이집은 대부분 자리가 없어서 대기만 일이 년을 할 수도 있다고 했다. 아이가 아파 병원에 가면, 병원마다 줄이 어찌나 길고 복잡한지 동네에서 조금 유명하다는 곳에서는 세 시간 반을 기다려서 겨우 진료를 본 적도 있었다. 선생님도 많고 규모가 작은 곳도 아니었는데, 아기를 안은 엄마 아빠들로 가득했다. 더 큰 병원은 이미 예약이 끝나 가벼운 질병으로 가기에 엄두도 나지 않았다. 출생률은 세계 최하라는데 내가 가는 곳은 왜 이리 사람이 많고 대기가 많을까. 아이 키우는 데 왜 이리 기다려야 하는 일이 많을까.

그 능력자 엄마 있잖아

그 집 엄마 일 그만뒀대

무슨 마음인지 알 것 같다

자꾸만 둘 중 하나는 회사에 늦고

일도 할 수 없고 아이는 아프고

어쨌든 일보다 아이가 소중하니까

그래서 그런 선택을 하는 것이겠지

근데 아이만큼 자신도 소중할 텐데

알 것 같은 마음

사랑과 인내심

난 분명 선이를 많이 사랑하는데, 같이 있는 시간이 늘어날수록 자꾸 화가 난다. 아이를 무한히 사랑해주고 싶은데 왜 자꾸 실패하는 것일까. 온전히 사랑하지 않은 하루를 보내면 마음이 무거워진다. 이렇게 사랑을 베풀기 위하여 노력하며 산 적이 있나. 사랑은 저절로 나와 스르르 퍼지는 것이 아닌가? 왜 자꾸만 내 안에 쌓여 있던 무언가가 자꾸 빼쪽하게 나와서 선이를 쿡 찌르는지 모르겠다. 분명 함께하는 시간이 많아질수록 사랑하는 마음은 커지는데 왜 온종일 붙어 있으면 화가 날까.

엄마 눈

엄마 코

엄마 볼

예뻐

엄마 예뻐

엄마 예뻐?

엄마 진짜 예뻐

엄마 예뻐 예뻐

예뻐

모래놀이

요 며칠 날씨가 좋아 아이와 모래놀이를 하러 간다. 선이는 모래놀이를 좋아해서 한참을 놀이터에 머문다. 옆에서 나도 여러 가지를 함께 한다. 주변에 꺾여 떨어진 나뭇가지를 가져다주기도 하고, 나뭇잎은 아주 연한 연두색, 연두색, 초록색, 아주 초록색, 붉은색, 갈색 등등 다양한 색으로 주워주기도 한다. 가끔은 선이가 직접 부탁을 하는데, 돌을 주워 오라고 하면 이리저리 다니면서 큰 돌 작은 돌을 주우러 다닌다. 그렇게 주워 온 것들로 눈코입도 만들어주고 그림도 그린다. 물을 떠 와서 작은 수로도 만든다. 내가 이렇게 며칠을 연속으로 모래놀이를 한 적이 있었나? 아마 아주 어릴 적 말고는 없었던 것 같아. 선이와 놀이터를 가면 마치 어린 시절로 돌아간 기분이 든다.

인간은 나이를 먹으면 이 세상도 스스로도

아름답지 않고 순수하지 않다고 생각하게 되는 순간이 온다

그렇게 가만히 흘러가다 나와 비슷한

혹은 함께하고픈 사람과 남은 인생을 약속한다

그러다 문득 하늘에서 아기 천사를 보내주는데

아기 천사는 인간들에게 잊고 있던 동심을 알려준다

인간의 심장 소리에 다시 두근거리는 마음을 가지게 되고

누군가가 나를 바라보는 눈빛에 감동하고

웃는 소리만으로 모든 것을 녹여낸다

함께 노래를 부르고 춤을 추고 숫자를 센다

흙, 바람, 물, 자연을 되찾는다

그렇게 잃어버린 동심을 찾아가는 것이다

다시 만난 세계

비 오는 날을 좋아했다

비가 오면 왼쪽 다리 전체가 쑤시고 아프다. 겨울에 가장 많이 아프지만 더운 여름에도 핫팩을 가지고 다니며 왼쪽 허벅지 다리 밑에 붙여둔다. 신경이 잘못된 것인지 여름에 붙여도 뜨거움이 느껴지지는 않는다. 그저 시린 기운이 좀 사라질 뿐이다. 젊을 때는 다리와 발이 드러나는 옷을 입고 다니는 걸 좋아했는데, 선이를 낳고 나서는 살도 살이지만, 다리가 너무 시려 늘 가리고 다닌다. 그중에서도 잘 때에 가장 통증이 심한데 원피스 잠옷을 입고 그 안에 레깅스까지 입어야 잘 수 있다. 전에는 없던 이 아픔을 24시간 내내, 2년 넘게 겪고 있지만 사실 내가 말하지 않으면 아무도 모른다.

남편이 가끔 내 작업실 난방을 끄거나 방의 온도를 내리면 그렇게 서운하고 밉다. 당연히 본인의 몸이 아니니 모르는 것이겠지만 그래도. 하루는 여름에도 차 시트를 뜨겁게 켜놓은 날 보며 그렇게 매일 다리가 시려서 어떡하냐면서 걱정하더니 잠시 어디 다녀온다며 시동을 끄고 내렸다. 핫팩도 따로 없었는데, 다리는 금세 시려왔고 서운함이 원망이 되어 화가 났다. 나는 선이를 낳고 다리가 이렇게 되었는데.

그래도 비 오는 날은 좋아

부탁하는 날들

어린이집에 선이를 5시까지 부탁하는 날이 늘어났다. 남편은 5시까지 반 아이들 몇 명도 함께 있고 선이도 어린이집을 좋아하니 괜찮을 거라고 했다. 뉴스에서는 저출산 정책으로 맞벌이 부부를 위해 어린이집에서 돌봄 교실을 더 오래 활성화하겠다고 했다. 정말 어린이집에서 아이들이 7시, 8시까지 있게 되면 우리는 나아질까? 내가 덜 힘들까? 마음 편하게 일할 수 있을까?

난 남편이 좀 더 일찍 퇴근할 수 있으면 좋겠다. 선이를 함께 돌보고 싶다. 선이에게 미안하지 않아도 되는 엄마로, 부탁하지 않는 며느리로, 눈치 보지 않는 학부모로 살고 싶다. 선이를 생각하면 외롭지 않게 형제를 한 명 더 낳아주고 싶지만, 아무래도 현실을 생각하면 또 우리를 생각하면 둘째는 어렵겠지.

나는 어디에 있는 걸까

만족스러운 엄마도 아닌 것 같고

그렇다고 뿌듯하게 일을 하지도 못하고

겨우겨우 중심만 잡고

좌우로 기우뚱거리며

오뚝이가 되어 이쪽저쪽 허둥댄다

앞으로 나아가지 못하는

그런 곳에 있는 걸까

섬

나와 마주하다

"예측불안이 굉장히 높아요. 완벽주의 성향도 강하고요."

성향 테스트를 했는데 나는 예측불안과 완벽주의 성향이 굉장히 높게 나왔다. 나는 선이가 잘 자고 있어도 숨을 안 쉬면 어떡하지 싶어 방으로 달려가 선이 코에 손을 대본다. 유아차를 끌고 횡단보도를 건널 때도 차가 멈추지 않으면 어떡하지, 그럼 이렇게 방어해야지 한참을 생각한다. 순간순간 사고를 막을 생각을 하며 긴장하고 불안해했다. 왜 이런 상상을 자꾸 하는 건지도 스스로 이상했고 무서웠다.

"지금은 우울하고 힘든 시간을 보내는 중이겠지만, 본래 뿌리는 튼튼하고 긍정적인 사람이었던 것 같아요. 아마 잘 극복하실 겁니다."

'내가 예측불안이 높아서 그런 상상을 했던 거였구나.'

상담은 미처 몰랐던 나를 알아가는 느낌이었다. 나는 이런 성향을 가지고 있구나. 고쳐야 할 문제가 있는 게 아니라 나는 이런 사람이라는 걸 알고 나니 어떤 상황을 마주했을 때 덜 당황할 수 있었다.

버스를 탔는데 불안하고 걱정되는 일들이 꼬리를 물면 '지금 높은 예측불안이 작동했구나' 하고 나에게 말해주었다. 특히나 선이에 관해서 불안한 상상을 많이 했는데 '아무래도 나에게 소중하고 신경 쓰고 있는 존재이니 더 많이 발동되는구나' 하고 이해하게 되었다. 내 성향을 알게 되는 건 육아 외의 삶에도 도움 되는 부분이 많았다. 칼질이나 가위질할 때도 무서운 생각이 들면 괜찮다고 나를 다독였다. 그밖에 선생님은 내게 이런 말도 해주었다.

"오리 씨는 꾸준함의 힘을 알고 꾸준히 하면 어떤 성과가 있을 거라는 걸 알고 있는 것 같아요. 직업을 통해 뇌에 훈련처럼 저장된 거겠죠. 힘들지만 꾹 참고 끝까지 하면 완성된다. 끝난다. 내가 더 신경 쓰면 조금 더 좋은, 완벽한 결과물이 나온다. 하지만 육아는 그렇지 않잖아요. 그게 미처 생각지 못했던 예상 밖의 결과인 거죠. 그것들이 오리 씨에게 힘들게 다가왔을 수도 있을 것 같아요. 육아는 열심히 한다고 반드시 피드백이 그만큼 오는 게 아니니까요. 열심히 하고 최선을 다해도 전혀 다른 결과를 가져오기도 하니까요. 아무리 이유식을 정성껏 만들어도 비싼 소고기를 구워줘도 아이가 한 입도 먹지 않을 수 있는 거죠."

상담을 받으면서 사람을 키우는 일이 내 뜻대로 되지 않을 거라는 걸 조금씩 알아갔다. 그리고 나의 기질과 성향을 마주하며 나라는 사람에 대해서도 더 잘 알게 되었다.

이미 충분한 엄마들

할 일을 하는 것

"이어서 말할게요. 저번에도 말했듯 오리 씨는 자극추구가 높아요. 조심성은 낮고요. 호기심이 많고 새로운 것을 보고 관찰하고 계속 무언가를 하면서 행복함을 느끼는 사람이에요. 계속 도전하고 출발하면 달려 나가야 하는 기질인 거죠. 오리 씨가 창작하는 일을 하는 건 정말 잘 선택한 것 같아요. 회복탄력성이 높아서 일하다가 좀 잘 안돼도 또 신나게 일했을 것 같네요. 결과가 어찌 되었든 꾸준히 무언가를 계속 해나가는 사람이니까요."

"맞아요. 전 늘 무얼 하는 게 좋았어요. 그림을 그리고, 글을 쓰고, 무언가를 만들고, 새로운 것을 만들고 기획할 때 정말 행복해요. 종이에 새로운 것을 그리고 벽면을 채우고 혹은 어떤 행사를 기획하거나 전시를 준비할 때도요."

"이렇게 자극추구가 거의 그래프를 꽉 채운 높은 수치로 나온 사람이 매일매일 육아를 하면서 똑같은 일, 비슷한 자극만 받으며 하루가 굴러갔으니 많이 힘들었을 거예요. 틈틈이 아이와도 분리하고 스스로 해야 할 일을 꼭 하세요. 자신의 시간을 가져야 해요. 결혼 후에 작업실 없었다고 했죠. 다시 작업실부터 계약하고 집 밖으로 나가세요. 오늘부터 부동

산에 작업실 찾아보고 알아보고 다녀보세요. 그것부터 좋은 자극이 될 거예요. 직접 작업실을 고르고 상상하면서부터 마음이 훨씬 채워질 거예요."

그날 나는 그길로 부동산을 찾아갔고 몇 주 뒤 집에서 5분 거리에 내 작업실을 얻었다.

난 왜 이렇게 사는 게 힘들까

난 왜 이렇게 다 힘들까

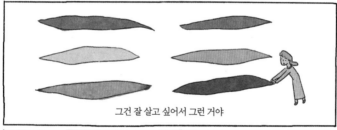

그건 잘 살고 싶어서 그런 거야

잘하고 싶고

잘 해내고 싶고

잘 지내고 싶으니까

맞아 그래서 그래

그래서 그런 거야

잘 살고 싶어서

각자의 방법으로

육아라는 세상은 태풍같이 찾아왔는데 그 태풍은 떠날 줄을 몰랐다. 선이를 낳고 1년 반 정도 지났을 때쯤이 아마 우리의 사이가 가장 안 좋았을 때였던 것 같다. 그 시기에 나는 현이 무얼 해도 화가 났다. 왜 그가 하고 난 모든 일은 야무지게 된 게 없는 건지 화가 났고, 그도 자꾸만 자기를 뭐라고 하는 내가 야속했을 것이다. 둘 다 반복되는 일상에 꽤 지쳐갈 때쯤, 서로 사랑하지만 가끔은 서로가 피곤해질 수 있다는 것을 알아갔을 때쯤, 우리는 영화관을 찾았다. 둘 다 영화를 굉장히 좋아했지만 그때는 그저 육아에서 벗어나 잠시 편히 앉아 있다가 가자 정도였던 것 같다. 그렇게 아무 기대도 없이 들어간 영화관에서 우리는 정말 많이 울었다. 그날 봤던 영화의 대사 때문이었다.

"이게 내가 싸우는 방식이야."

서로 다르지만 각자의 방법으로 최선을 다해 살아가고 있다는 뜻이 담긴 그 대사가 가슴에 크게 다가왔다. 우리는 각자의 방법으로 그렇게 열심히 가족을 위해, 서로를 위해, 선이를 위해 뛰어가고 힘을 쏟고 있었구나. 그저 달랐을 뿐이라는 평범한 말이 우리를 동시에 많이 울게 했다. 그래, 남편도 남편의 방식으로 이 태풍 속을 헤쳐 나가고 있겠지. 나는 내 방식대로 그는 그의 방식대로 느리지만 꿋꿋하게, 우리는 다 이 삶 속에서 발버둥치며 나아가고 있다.

나는 예민한 사람

따뜻한 손

현의 손은 따뜻하다 못해 뜨겁다. 그래서 잡고 있으면 따뜻한 온기가 전해져서 좋다. 내 몸이 시릴까 봐 자신의 뜨끈한 손으로 발도 주물러주고 무릎에도 손을 얹어준다. 어느 겨울날이었다. 선이와 바깥 놀이를 하는데 현은 날이 춥다며 계속 집에 가자고 했고, 선이는 볼이 시뻘겋게 얼었는데도 집에 가기 싫다고 떼를 썼다. 그는 그런 선이를 손으로 볼도 꼬옥 녹여주고, 꽁꽁 언 손도 꾹꾹 눌러서 잡아주고 주물러줬다. 그날 집에 돌아와 다 같이 누워 있는데 현이 말했다.

"내 손이 따뜻해서 겨울에 선이 손을 잡아줄 수 있겠다."

언젠가 선이가 자라면 엄마 아빠의 손을 더는 잡으려 하지 않을 때가 올 텐데, 그래도 겨울만큼은 가끔이라도 차가운 손을 녹여줄 수 있을 것 같다고, 자기 손이 따뜻해서 너무 다행이라고.

내가 파도와 바다 사이에서 태어났다면

너는 바다 깊은 곳 바위에서 태어난 사람

그곳은 그 어떤 것도 너를 얼게 하지 않고

거센 태풍을 만나거나

뜨거운 화살을 마주하지도 않지

너는 평화롭고 조용한 곳에 사는 사람

그래서 나는 너에게로 걸어 들어갔다

그리고 나는 안심했다

당신은 용감한 사람이야

너는 무던한 사람

엄마 초능력

아이를 키우면서 굉장한 능력을 하나 가지게 되었는데, 바로 온도를 감지하는 능력이다. 선이를 만졌을 때 살짝 뜨뜻하면 '미열이 있네' 하고 체온계를 대면 37도대가 나온다. '이거 좀 열이 나는데, 38도는 되겠어' 하고 체온계를 대면 체온계도 38도다. '큰일이다. 빨리 약 먹여야겠다' 하면 39도가 나온다. 이게 바로 엄마 초능력.

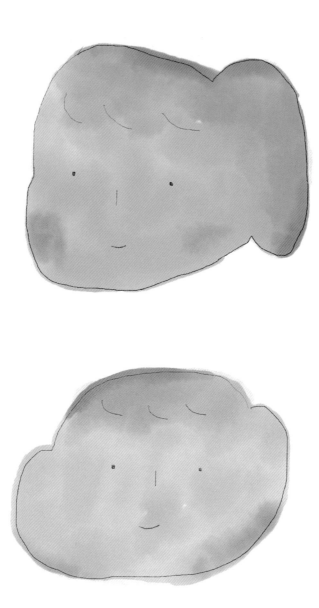

아빠의 이름

최근에 선이가 곧잘 말을 따라 하길래 우리의 이름을 알려주었다.

"엄마 이름은 오리야. 아빠 이름은 현이야."

며칠 뒤 선이에게 아빠 이름이 뭐냐고 물으니 또박또박 "현!" 하고 남편을 바라보았다. 그 모습을 보던 남편이 울컥했다. 이렇게 작은 선이가 아빠 이름을, 자기 눈을 똑바로 바라보며 이름을 불러주었다는 게 참 신기하다고. 감동에 가까운 말로 설명하기 어려운 뭉클한 감정이 밀려온다고.

낳아줘서 고마워

더 큰 사랑으로

아이를 키우니 눈에 좋은 것이 참 많이도 들어온다. 내 평생 비싼 옷은 사본 적이 없었는데 아이에게는 좀 비싸도 좋은 옷을 사주고 싶고, 머리핀도 신발도 좋은 것으로 해주고 싶다.

아이는 좋은 건지 뭔지도 모르고 큰마음 먹고 산 머리핀도 땅에 던지고 비싸게 산 옷에 딸기를 막 문지른다. 하지만 내가 사랑을 가득 표현한 날에 내게 "엄마 예뻐. 엄마 좋아. 엄마 예뻐. 엄마 좋아"를 반복하며 내 볼을 만져준다. 사랑을 받은 선이는 더 큰 사랑으로 내게 돌려준다. 그래, 선이에게는 좋은 옷보다 사랑을 많이 주는, 한 번 더 눈 마주치고 웃어주는 엄마가 더 좋은 거겠지.

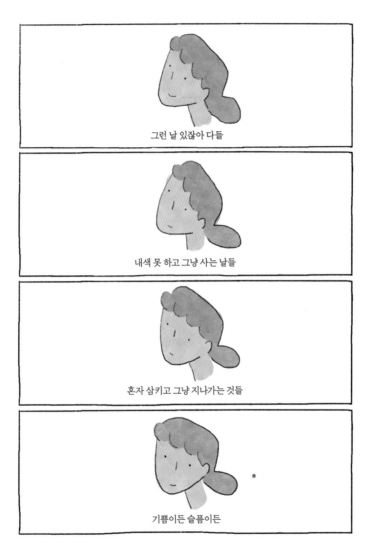

그런 날 있잖아 다들

내색 못 하고 그냥 사는 날들

혼자 삼키고 그냥 지나가는 것들

기쁨이든 슬픔이든

그런 날

세상을 살아가는 데

지금까지 선명하게 기억하는 어린 시절의 장면들이 있다.

삽으로 흙을 파서 땅에 박힌 돌멩이를 캐던 일.

냇가에서 잡았던 작은 물고기와 다슬기.

노랗게 익은 벼 사이사이를 가로지르며 메뚜기를 잡고
는 페트병에 담아 엄마에게 주기.

콩인 줄 알고 잔뜩 주웠던 염소똥.

무릎과 어깨에 삭삭 닿던 풀의 감촉.

친구와 마당에서 똥을 누고 서로의 모양을 보며 웃던 일.

깜깜한 밤 떨어지는 별똥별을 보고 달려 나가던 순간.

그다음 날 못 보던 큰 웅덩이를 발견하고선 별이 떨어진
자국이라고 믿었던 오랜 기억.

방금 따 먹은 딸기가 뱀딸기라고 한 말에, 뱀이 먹는 걸
내가 먹었다는 걱정에 잠 못 이루던 밤.

나무 장작에 군밤을 넣고 굽다가 터진 군밤이 튀어 올라
생긴 오른손의 작은 흉터.

계곡에서 비닐을 타고 놀던 아이의 비닐이 나를 감싸면
서 딸려 들어가 물에서 허우적댄 일.

새끼손톱만 한 작은 개구리가 너무 귀여워 입안에 가만

히 넣어본 느낌.

옆집 할머니 집 앞 봉선화 꽃잎을 몰래 따다 손톱을 물들이고는, 그 집 앞을 지날 때마다 콩닥콩닥 뛰던 가슴.

아빠가 마당을 초록색 플라스틱 빗자루를 쓸 때 일던 어마어마한 먼지.

책에서 달걀이 뜨거우면 병아리가 부화한다는 걸 보고 햇빛 밑 뜨거운 모래에 달걀을 심었던 일.

종이 인형을 좋아했던 나를 위해 엄마 아빠가 항상 오려주고 또 오려주었던 인형들.

초등학교 때 칠판에 무엇이 쓰여 있었는지, 중학교 때 시험에 몇 점 맞았는지, 아빠와 갔던 박물관에서 들었던 설명 같은 것들은 하나도 기억나지 않는다. 대신 이런 것들은 걷다가 풀을 보고 나무를 보고 나비를 보고 계곡에 갈 때마다 생생히 떠오른다. 대부분 자연에서 놀던 것들. 이런 것들을 선이에게 주고 싶다. 세상을 살아가는 데 계속 생각나는 어떤 것들.

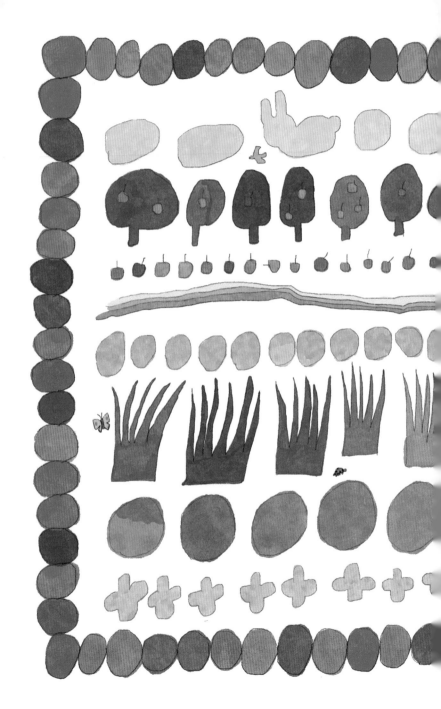

가장 중요한 건

선생님은 내가 많이 괜찮아진 것 같다고 하셨지만 몇 주 뒤 나는 상담과 약물을 병행했다. 분명 우울의 늪에서 한껏 물러난 느낌이었는데 어느 날 둑이 터지듯 다시 수렁으로 빠졌다. 숨을 갑자기 못 쉴 것 같았고 본래 없었던 고소공포증이 생겼으며 자꾸만 몸속에서 산소가 사라지는 이상한 느낌을 받았다. 그길로 신경정신과를 찾았다. 정신과 약을 먹은 초반에는 계속해서 잠을 잤다. 무기력해졌고 잠이 쏟아졌다. 선생님에게 말하니 약물의 양을 조절해야 한다고 하셨다. 그렇게 나에게 맞게 약을 설정하는 작업이 들어갔고 먹어도 졸리지 않으면서 마음은 괜찮아지는 그 어떤 지점에 도착했다.

"그럼 전 어떤 상태인 거예요?"

"공황장애까지는 아니고 공황증세 정도라고 봐야 할 것 같아요."

선이가 18개월 정도 되었을 때였다. 이제는 육아가 꽤 괜찮아졌다고 생각했는데 나는 다시 이렇게 되었다. 그리고 그곳은 전보다 더 깊고 어두웠다. 간신히 붙여놓은 유리 조각들이 가벼운 바람에 넘어져 와장창 깨져버린 것 같았다.

그렇게 약을 처방받아 먹기 시작하자 지독한 감기처럼

떨어질 듯 좀처럼 떨어지지 않던 증상들이 호전되는 게 느껴졌다. 남편이 말했다.

"요즘 되게 좋아진 것 같아. 조심스럽지만."

"그런 것 같기도 하네?"

사실 이 시기를 어떻게 지나왔는지 모르겠다. 우울증을 빨리 알아채고 약을 먹고 상담을 병행해서 나아진 것인지, 선이가 좀 자라면서 좋아진 것인지, 아이와 분리되어 다시 작업실에 나가면서 좋아진 것인지는 나도 알 수가 없다. 하지만 정말 중요한 것은 겪어야 지나가는 독감처럼, 그렇게 호되게 앓았지만 결국 나아졌다는 것이다. 선이가 크면서 컴컴한 밤에 우는 아이를 안고 있는 일도 줄었고, 나도 선이도 잠을 푹 잘 수 있게 되었다. 가끔은 답답하게 느껴지던 남편은 이제 어떤 부분에서는 나보다 더 아이를 잘 돌본다. 어머님과 선이 고모도 선이를 자주 잘 돌봐주었고 덕분에 그 시간만큼은 마음이 편해진 것도 한몫했겠지. 동네에서 만난 친구들과 육아에 관련된 모든 고충을 털어놓으면서 위로와 공감을 나누며 웃고 웃어서 나아졌을 수도 있다.

오직 나 혼자서 묵묵히 이겨낸 것은 아니었다. 내 기질이

긍정적인 것과는 상관없이 육아를 함께하고 어떤 날은 육아에서 해방되어 나에게 시간을 주는 것, 엄마라는 새로운 자아를 받아들일 시간이 필요했다. 모래시계의 틈처럼 아주 좁을지라도.

한 아이를 키우려면 온 마을이 필요하다는 말이 있다. 요즘은 대가족이 사는 경우도 드물고, 옆집에 누가 사는지도 모른 채 놀이터에서 마주쳐도 말 한마디 하지 않을 때가 더 많다. 운이 좋게도 놀이터에서 자기 집에 놀러 오라는 엄마들을 만나 함께 육아의 힘듦을 나누며 좀 덜어냈고, 부부 둘만의 시간을 가지라는 가족들의 도움이 있었고, 야근한 날에도 집안일과 이유식을 만드는 육아 동지가 곁에 있었다. 그들이 있었기에 내가 조금은 나아질 수 있었다고 생각한다. 아이를 키우는 건 마을이 필요한 일이니, 외딴섬처럼 혼자 짊어지려고 하지 않기, 그게 중요했다. 육아라는 세상에서 젖은 엄마만 줄 수 있지만, 나머지는 함께해야 했다. 필요하다면 적극적으로 도움을 청하고 조금 더 나은 마음이 되기를. 조금 더 행복해지길. 그게 가장 중요한 것이니까.

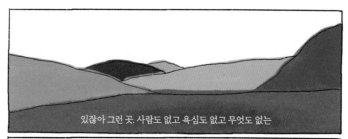

있잖아 그런 곳. 사람도 없고 욕심도 없고 무엇도 없는

먹을거리는 꽤 풍족해서 걱정 없이 살 수 있는 곳

그런 곳에 우리 셋이 살면 어떨까?

그곳에서 일을 하지 않아도 되니 종일 붙어 있겠지?

텔레비전도 장난감도 없으니까 놀 거리부터 만들자

어떤 장난감을 만들까?

보드랍고 얇은 나무줄기에 나뭇잎을 꿰서 통통배를 만들자

해가 질 때는 노을을 보라며 손짓하면서

새가 날아오면 손으로 날갯짓을 따라 하며 새 구경을 하는 거야

가벼운 나무를 찾은 날에는 작은 날개도 만들어주자

아마 그곳에서는 선이를 기쁘게 하기 위해

선이를 키우는 데 모든 열정을 쏟을 수 있겠지

선이의 머리카락을 한 올 한 올 떼어주고

얼굴을 빤히 살피고 눈을 마주치고 가지런한 속눈썹을 보겠지

바다에서 셋이 수영을 하고

큰 나뭇잎 부채를 만들어 부쳐줄 거야

별도 보겠지? 그럼 별은 당연히 봐야지

선이 손바닥이랑 내 손바닥이랑 매일 대보며 키도 매일 잴 거야

많이 안고 지내겠지 우리 셋

사실 이런 것들은 어려운 게 아닌데

맞아 지금도 할 수 있는 것들이야

엄마 따랑해요

"엄마 따랑해~요."

선이가 밥을 먹다가 갑자기 두 손을 머리 위로 올리더
니 이렇게 말했다. 가슴 중간이 간질간질하고 싸르르한 느낌
이 들며 찌릿찌릿했다. 다시 한번 듣고 싶어서 "선아 뭐라고?
응?"이라고 하니 "엄마 따랑해~요"라며 또 두 손을 머리 위로
올리고 눈을 동그랗게 뜨고 입을 쭉 내민다.

선이는 사랑이라는 것을 알까? 적어도 엄마와 아빠가 자
신에게 매일매일 시시때때로 하는 말과 눈빛과 손짓이 사랑
이라는 것은 알겠지. 선이도 저 말이 좋은 말이고 저 좋은 말
을 우리에게 해주고 싶어 한다는 걸 우리는 알 수 있다. 이렇
게 거짓 없이 순수한 눈으로 나를 보며 웃는 사람이 있을까.
선이가 처음 걸음을 딛던 날보다 훨씬 더 마음이 몽글몽글했
다. 묘한 행복감이 일렁인다.

엄마 손가락

사, 함께 살고 있습니다

첫 부부싸움

부부가 되고 처음 싸웠던 날을 기억한다. 시가와의 저녁 식사 자리 이후였다. 함께 밥을 먹던 자리에서 어머님이 내게 물었다.

"임신은 언제 할 거니? 피임은 안 하지?"

갑작스러운 질문에 많이 당황한 나는 애매한 표정으로 대답하고 집으로 돌아왔다. 그날 처음으로 남편과 다투었다. 엄마 아빠에게도 들어보지 못한, 친한 친구와도 공유한 적 없던 이야기를 시가 식구들에게 툭, 질문으로 받게 되니 벌거 벗겨진 기분이 들었다. 이건 우리 부부, 둘의 일인데 부모라고 이런 것까지 공유해야 하는 걸까. 아, 이건 무언가 잘못된 것 같아요.

우리 모두 다 처음이지요

행사, 행사, 행사

결혼하니 1년 행사가 많아도 너무 많았다. 그동안 집안 행사를 챙겼다고 말하기도 좀 머쓱할 정도로 혼자 사는 삶에 가까웠는데 결혼 하나로 많은 것이 달라졌다. 그전에는 엄마 아빠 생일에도 꼭 찾아가지 않았고 두 분이서 여행 다녀온 걸 나중에 듣기도 했다. 그런데 결혼하니 모든 행사를 하나하나 챙겨야 하는 날들이 이어졌다.

이번 달에는 남편 생일이 있고 그다음에는 아버님 생신이구나. 아, 어버이날이 곧이어 오네. 양가에 언제 가야 하나? 어머님 생신 지나면 금세 추석이 오네? 추석에는 양가에 어떻게 들르지? 그리고 아빠 생일, 엄마 생일이 있네, 내 생일은 그다음이고, 그러면 설날이 오는구나. 설날 때 어디부터 갈 거야?

그러다 보면 친정 친척 행사 초대에는 못 간다고 거절하지만, 뒤이어 시가에서 사촌 결혼이라더라, 돌잔치라더라 하면 거절하지 못하고 참석한다. 왜 우리 집 행사만 안 가나 싶은 마음이 불쑥 튀어 오르기도 한다. 양가의 모든 행사를 치우치지 않고 공평하게 챙기고 싶은데, 참 어렵다. 우리 가정의 평등!

결혼이 이런 것이었어?

오리가 일해야 하니까

남편도 나도 각자 일을 하는데, 남편은 자꾸만 내 핑계를 대며 선이를 시가에 맡겼다. 둘 다 자기 일을 할 뿐인데 왜 내가 글을 써야 하니, 그림을 그려야 하니 설명하며 아이를 맡겨야 하는지 모르겠다.

당연히 선이는 내가 돌봐야 하는데 내 일을 하려고 했기 때문에 그런 걸까. 내가 엄마이기 때문일까? 아빠는 출산휴가도 눈치를 보며 내고, 육아휴직은 아예 없고 단축 근무도 하지 않는데 나는 왜 내 일을 할 때마다 매번 눈치를 보며 해야 할까? 점점 부담스럽고 불공평하다고 느끼는 문장.

"오리가 일해야 하니 선이 좀 봐줄 수 있어요?"

나도 사랑받으며 자라고

너도 사랑받으며 자라고

나도 공부를 하고

너도 공부를 하고

나도 너랑 결혼하고

너도 나랑 결혼하고

우리가 함께 아기를 만들고

내가 아기를 낳았는데

왜 아기에게 일이 생기면

내가 양보해야 해?

네가 하는 일은 빠질 수 없고

내 일은 빠져도 되는 거야?

아니면 내가 엄마라서

여자라서 양보해야 하는 거야?

내가 회사에서 일하지 않고

혼자 일을 해서 그런 거야?

258

우리의 일

그때쯤이면 수월해지나요?

"…저기요. 그때쯤이면 괜찮아요?"

"네?"

"그때쯤이면 키우는 게 좀 수월해지나요?"

병원에서 3~4개월 정도 되어 보이는 아이를 안은 엄마가 내게 물었다. 작은 아기를 안고 일어선 채 연신 아기 엉덩이를 두드리며. 눈물이 핑 돌았다. 그때 선이는 18개월이었다.

"지금 너무 힘들죠?"

"네…. 며칠째 잠도 못 자고 아기가 아토피도 심해서 진짜 힘드네요."

"저도 진짜 힘들었어요. 저는 1년까지는 너무너무 힘들더라고요. 도망가고 싶다. 사라지고 싶다. 이 생각을 수백 번도 더 했던 것 같아요. 근데 1년 지나니 조금 살 것 같고, 1년 반 정도 지나니 애가 좀 예쁜 거예요."

"…진짜요?"

"네. 그때랑 지금은 확실히 마음이 달라졌어요. 많이 좋아질 거예요. 진짜. 진짜로."

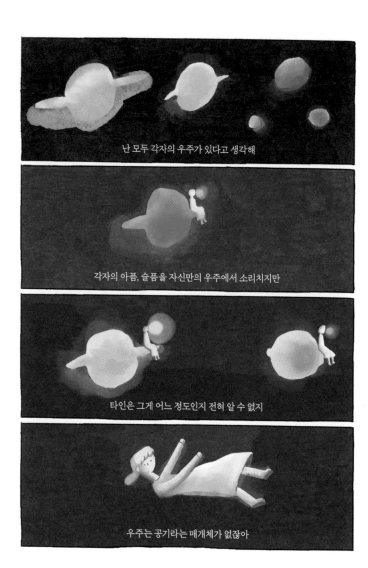

난 모두 각자의 우주가 있다고 생각해

각자의 아픔, 슬픔을 자신만의 우주에서 소리치지만

타인은 그게 어느 정도인지 전혀 알 수 없지

우주는 공기라는 매개체가 없잖아

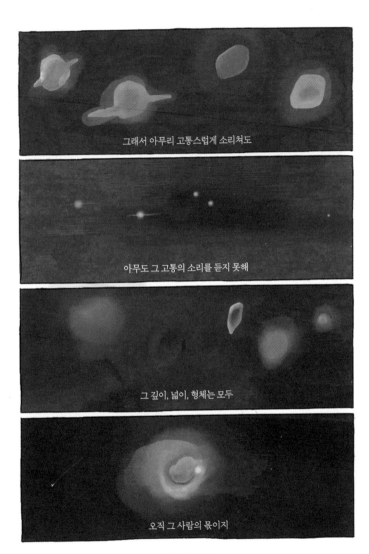

그래서 아무리 고통스럽게 소리쳐도

아무도 그 고통의 소리를 듣지 못해

그 깊이, 넓이, 형체는 모두

오직 그 사람의 몫이지

우주의 소리

예순네 살, 두 살

친정 아빠랑 선이가 나란히 앉아 있는 모습을 보면 많은 생각이 든다. 아빠의 까만 피부, 선이의 하얀 피부. 노랗고 탁해진 흰자, 푸르스름할 정도로 하얀 흰자. 핏줄이 나오고 주름진 손등, 탱탱하고 작은 손. 거뭇한 반점이 생기고 조금 마른 다리, 통통하고 짧은 다리. 약간은 푸석하고 흰머리가 있는 머리, 반질반질 윤이 나는 머리카락.

아빠는 예순네 살, 선이는 두 살. 아빠도 선이처럼 태어났을까? 아빠의 모습은 지금껏 세상을 살아온 흔적인 걸까.

마치 나이테처럼

나 좋아해?

시누이는 말수가 적다. 가끔 먼저 살갑게 말을 걸면 그저 허허 웃고 만다. 그러면 다시 침묵이 이어지는데 그녀는 별로 개의치 않아 하는 것 같지만, 나는 좀 불안하고 초조하다. 사실 시누이한테만 그런 건 아니다. 나는 친하지 않은 사이에 말수가 없는 사람과 시간을 보내면 자꾸만 눈치를 보게 된다. 하지만 시가 어르신들이나 시누이에게는 조금 더 마음이 쓰여 자꾸만 남편한테 묻게 된다.

"선이 고모, 나 좋아해?"

"그럼~!"

그렇게 말을 들어도 마음이 편해지지는 않는다. 하지만 초조하니까 그저 물을 뿐이다.

"어머님은 나 좋아해?"

"그럼, 친해지고 싶어 하시지."

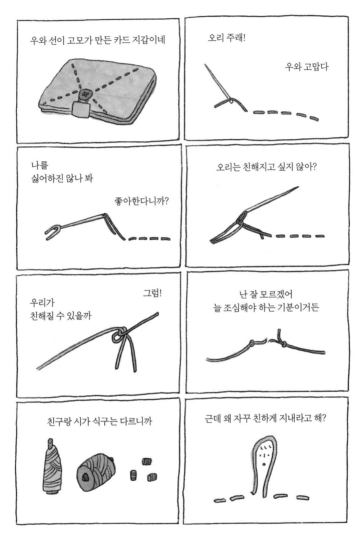

난 너무 어려워서

몰래 먹은 보약

아이를 낳고 백일쯤 되었나. 시가에 가서 밥을 먹고 이런저런 이야기를 하며 앉아 있었다. 아버님은 평소에 산책을 자주 하시는데 그날도 식사 후 배가 부르다며 산책하러 나가셨다. 그때 갑자기 어머님이 후다닥 어떤 상자를 가지고 오시더니 뚜껑을 여셨는데, 산삼이었다. "어머!"라는 나의 말과 동시에 어서 입에 넣으라며 어머님이 내 입에 산삼 한 뿌리를 물려주셨다. 어디에서 산삼 세 뿌리를 얻었는데 남자들은 주지 말고 나, 선이 고모, 어머님 셋이 먹자며 입에 얼른 넣으라고 했다. 이게 산후풍에도 좋다며.

얼떨결에 산삼을 우적우적 씹고 있는데 아버님이 뭘 깜빡하셨다고 다시 현관문을 열고 들어왔다. 그 문소리에 우리 셋은 산삼을 마저 입에 구겨 넣고는 가만히 입을 다물고 있었다. 다시 아버님이 나가자 어머님이 쿡쿡 웃으시며 비밀이라고 하셨다. 그리곤 꼭꼭 오래 씹어 먹으라고, 그래야 몸 구석구석 끝까지 좋은 기운이 전해진다고 했다. 세 여자가 식탁에 앉아 오래오래 꼭꼭 산삼을 씹었다. 그 산삼 향이 얼마나 진하던지.

알알이

나의 쓰임

남편의 친척 중에서 나만 보면 둘째 이야기를 하시는 분이 있다. 선이를 임신했을 때 얼굴과 배, 다리, 손이 모두 퉁퉁부어 시가에 갔는데, 배가 왜 이렇게 크냐면서 대뜸 둘째는 언제 가질 거냐는데, 너무나 당황스러웠다. 배 속 아이는 딸이었고, 남편이 장손이니 아들을 낳아야 한다는 뜻이었다. 만약 그렇게 남자아이를 낳는 것이 중요했다면 남자아이를 낳을 때까지 임신해야 한다는 사실을 결혼 전에 고지했어야 하는 게 아닌가? 어머님 아버님도 내게 둘째 이야기나 남자아이에 대해 이야기하지 않으시는데 몇 번 뵙지 못했던 어르신은 나만 보면 장손인데 아들을 낳아야 한다며 아들 타령을 하신다.

하루는 내가 너무 스트레스를 받으니까 남편이 그만 좀 이야기하시라고 기분 나쁜 티를 냈고 최근에는 나도 저도 제일을 해야 하니 그렇게 말씀하지 않으셨으면 좋겠다고 분명히 전했다. 하지만 돌아오는 대답은 너네는 왜 너네만 생각하냐는 거였다. 장손이 아들을 낳아야지.

내 인생인데, 나를 생각해야지 나는 누구를 생각하며 살아야 하는 걸까. 만약 둘째를 낳았는데도 딸이면 나는 아들 '못' 낳는 사람이 되는 것이고, 그분은 지치지 않고 셋째 타령을 하려나? 셋째도 '딸'이면 또 아이를 가져야 하는 건가.

맹목적으로 아들을 낳아야 한다는 소리를 몇십 번이나 내가 왜 들어야 하는지 모르겠다. 이런 소리를 들으라고 엄마 아빠가 나를 키우고 멀리 유학을 보내줬나 싶은 생각도 들고 정말 많은 생각이 머릿속을 맴돌았다. 내 삶의 목적은 아들을 낳는 게 아닌데.

다 같이 하나가 되었네

까만 줄

"너 손톱이 왜 그래?"

친정에 놀러 간 날 함께 선이를 보는데 엄마가 내게 물었다. 그러고 보니 왼쪽 엄지손가락에 까만 줄이 보인다.

"어머, 여기도 그렇네?"

중지에도 까만 줄이 희미하게 있다. 별거 아니라고 손을 뿌리쳤는데, 그다음 날에도 계속 신경이 쓰여 며칠 뒤 병원에 갔다. 검사하니 고혈압이라는 결과가 나왔다. 평생을 저혈압으로 살아왔던지라 적잖이 당황했는데, 혈압약까지 처방받아 병원을 나왔다. 그동안 누구도, 아니 나조차도 내 손톱에 생긴 변화를 알아채지 못했는데 엄마는 어떻게 같이 있자마자 알았을까. 나도 누군가의 딸.

친정에 가면 엄마는

멸치와 고추를
잘게 다져 간장에
졸여낸 양념장

파와 참기름에
버무린 명란젓

된장에 절인 고추

내가 좋아하는 반찬들을

내 앞으로 슥 밀어준다

니 부 터 묵어라

두툼한 생선도 내 밥 위에 올려준다

아이를 낳은 누군가의 아이

모유 수유

아이를 낳고 처음 한 달 초유를 먹이고 그 뒤부터는 바로 분유를 먹였다. 출산하고 한 달 뒤부터 해야 하는 일이 있었기에 남편과 아이를 낳기 전부터 계획했었다. 우리 아이이고 계획한 일이었지만 이상하게도 초유만 먹이고 모유를 먹이지 않는다는 말을 하는 것이 불편해서 굳이 말하지는 않았다.

그런데 몇 달 뒤 어머님과 이야기하던 중 "오리는 모유 수유 안 하지 않니?"라고 내게 이야기하셨다. 당황해서 대답을 대충 얼버무렸는데 어머님은 어떻게 알고 계신 걸까. 범인은 남편밖에 없는데 본인은 기억나지 않는다고 했다.

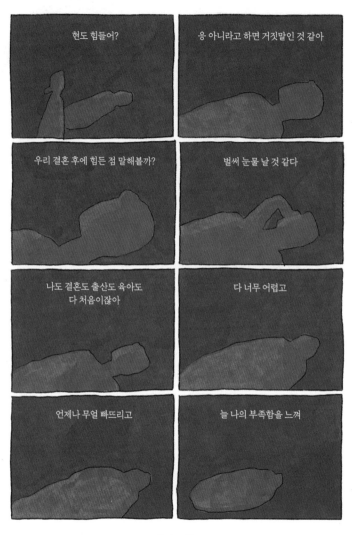

너도, 나도

닭 다리 두 개

우울증이 사라질 것 같으면서도 사라지지 않았다. 상담 선생님은 혹시 도움을 청할 곳이 있으면 적극적으로 요청해보라고 하셨다. 남편이 적극적으로 시가의 도움을 권했고 선이가 18개월이 되었을 때부터 선이 돌봄을 도와주셨다. 그때부터 뭐랄까, 날 선 감정들에 따뜻한 햇살이 내리쬐는 느낌이었다. 선이가 시가에 다녀오면 마음의 응어리들이 조금 녹아 있고, 선이가 또 다녀오면 또 조금 더 녹아 있었다.

특히 선이에게 해준 음식들을 볼 때면 더 마음이 미안하고 고마웠다. 토종닭을 푹 삶아서 선이 그릇에 담아준 닭 다리 두 개, 소고기와 돼지고기를 직접 치대어 만든 함박스테이크, 커다란 민어를 구워서 살을 발라 선이 입에 넣어주는 모습. 할머니니까 당연히 손녀에게 해줘야 하는 거라고 생각하지 않는다. 그렇게 선이가 시가에서 머무르는 동안 나는 그림을 더 그리고 글을 더 쓰고 혼자만의 시간을 보내며 조금씩 우울의 늪에서 나오기 위한 시도를 할 수 있었다.

선이 할머니, 현의 엄마, 나의 시어머니

뭐라도 해야 하나

무한 경쟁 사회에 들어선 것만 같았다. 아이가 태어나자마자 무서운 알고리즘은 내가 엄마인 것을 어찌 알고 각종 사이트 광고에 어린이 전집이 노출되고, 두뇌에 좋은 어린이 영양제를 추천한다.

이제 갓 돌이 지났는데 말을 술술 한다더라, 두 돌이 되니 가르치지도 않은 영어를 말하고 숫자를 읽고 쓴다더라. 혼자 한 시간 넘게 책을 본다더라. 넘쳐나는 이야기들 속에 있으니 선이가 느린 것만 같고, 그게 내 탓인 것 같아 자꾸만 선이의 행동을 뜯어본다. 당장 뭐라도 해야 하나. 지금 이 시기를 이렇게 태평하게 보내도 되는 걸까. 나의 진재에게 전화를 걸었다. 진재는 일곱 살과 네 살 아이를 둔 엄마. 유학 시절에도 엄마가 되었을 때도 그녀는 언제나 내게 명쾌한 말을 해주는 친구였다. 그녀의 대답은 이랬다.

언제 걷기 시작하는지, 지금 당장 말을 할 수 있는지 없는지 하는 것들은 별 의미가 없다. 초등학교 때 키가 170cm까지 크는 사람과 중학교 때 170cm까지 크는 사람이 있는 것이다. 크고 나면 그냥 다 비슷해지는 거라 신경 쓰지 않아도 된다. 당장 보기에는 느린 것처럼 보여도 나중에는 그냥 다 똑같이 말하고 다 똑같이 밥을 먹고 다 똑같이 자기가 옷도 갈아입고 스스로 잠을 잘 거니까 단 며칠, 몇 달로 초조해하지 않아도 된다. 그냥 더 많이 안아주고 더 눈을 마주치고 같이 산책하고 보여주고 웃고 즐거우면 그걸로 충분하다고. 둘을 키우고 있는 선배 엄마의 말을 듣고 나니 마음이 조금 편해졌다.

아기 천사들 모두 건강하길

놀이터 친구

조리원에 있을 때 펜을 꺼내서 노트에 조리원 동기를 찾는다는 글을 써 붙였다. 두세 명 정도 예상했었는데 스무 명이 훌쩍 넘게 모이게 되었다. 어느 정도 시간이 지나고 그 모임에서 나왔지만, 선이 또래를 키우는 엄마와 친구를 하고 싶다는 갈증은 계속해서 있었다. 많이도 말고 딱 서너 명 정도 말이다. 집 주변 공원에서도 선이와 비슷한 또래의 아이를 가진 엄마들을 볼 때마다 말 걸어볼까 서성이다 입이 안 떨어져서 돌아오기 일쑤였다. 그런데 어느 날 집 앞 놀이터에서 누군가 내게 말을 걸었다.

"아이고, 귀여브라. 아기 몇 개월이에요?"

놀이터에서 우리 엄마와 비슷한 나이대로 보이는 분이 말을 건 것이었다. 그 옆에는 나보다 훨씬 어려 보이는 엄마와 선이와 비슷한 아기가 그네를 타고 있었다.

"15개월이요. 아기는 몇 개월이에요?"

"아이고 우리는 17개월! 우리 손녀랑 비슷하네~."

말투에서 친정엄마와 같은 사투리가 느껴졌다. 옆에 있던 엄마가 물었다.

"여기 살아요?"

"네! 여기 사세요?"

"네. 근데 우리 애랑 비슷한 또래는 처음 봐요."

"저도요. 정말 없지 않아요?"

그렇게 대화를 주고받으며 속으로 번호를 물을까 말까, 이렇게 헤어지는 건가, 주저하는데 할머니께서 "어매 잘됐다. 둘이 번호 주고받아요" 하고 말해주셨다. 전화번호를 받으며 물었다.

"이름이 뭐예요?"

"아기 이름이요?"

"아니요. 엄마 이름이요. 저장하게요!"

우리는 서로의 이름과 번호를 저장했다. 그 뒤로 우리는 신기할 정도로 계속해서 마주쳤다. 남편과 야간에 동네 병원에 간 날, 그 집도 남편과 딸을 데리고 병원에 있었다. 집 옆 공원에서도, 내 작업실 앞에서도, 놀이터에서도, 시장에서도, 이렇게 자주 마주칠 수가 있나 싶었다. 여행 후 돌아오는 주차장에서도 꼭 그 집 가족이랑 마주쳤다. 이 동네 우리 두 가족만 사는 듯이 계속해서. 약속하지 않아도 마주치니 만나면 까르르 반기고, 말을 건네고, 커피를 마시고, 하원 후

놀이터에서 계속 이야기를 나누다 보니 자연스레 우리는 친구가 되었다. 내 놀이터 친구. 밝고 긍정적이고 에너지가 많은 사람. 그녀의 육아 이야기를 듣다 보면 나와 다른 점을 배우기도 한다. 그가 있어 내 육아가 한결 가벼워지고 명랑해졌는지도.

엄마라는 인연들

담배 안 피웠는데

아빠 엄마랑 종종 싸운 적은 있었지만 이렇게 오래 얼굴을 보지 않은 적은 처음이다. 아빠가 자꾸만 선이가 있을 때 담배를 피우고 오니 현에게도 부끄럽고 미안해 화가 났다. 아빠는 가끔 이상한 넉살을 피운다. 담배를 피우고 들어와 선이를 만지려고 할 때 담배를 피웠으니 손 씻으라고 하면, "나 담배 안 피웠는데~" 하고 장난스레 말한다. 이럴 땐 정말 화가 머리끝까지 난다. 이런 일이 자주 생기다 보니 미움이 쌓여 몇 달째 친정에 내려가지 않았다.

결혼하기 전에는 이렇게까지 속상하지 않았는데, 이제 남편과 선이 앞에서까지 그러니까 스스로 작아지고 마음이 쓰리기까지 하다. 현이 말했다.

"우리 부모님도 그런 면이 있잖아. 그 세대의 어른들은 우리가 이해할 수 없는 것이 있어."

"난 선이에게 그런 부모가 되지 않을 거야."

"분명 선이도 우리가 마음에 안 드는 것이 있을걸. 세대가 달라지고 세상이 달라지잖아."

20년, 30년 뒤에는 우리의 생각과 관념도 고목처럼 굳어서 딱딱해져 있을 것이다. 선이는 그런 우리를 보면서 엄마는 왜 저렇고 아빠는 왜 저럴까 생각하겠지. 그래도 선이가 있을 때에도 담배를 피우고 들어오는 모습을 보는 건 아직도 좀 힘들다. 그러다 불쑥 아빠가 한 말이 생각났다.

"우리는 뭐 얼라 안 키워 봤나, 우리도 똑같이 니 키우고 입혔다."

우리 아빠

전복죽

"오리랑 완전 똑같네."

선이가 하도 밥을 안 먹자 아빠가 말했다. 어릴 때 내가 너무 안 먹어서 혼을 많이 냈다며. 나도 기억난다. 밥 먹으라고 하면 책상 밑에 숨어 있고 밥솥 뒤에 가서 숨었다. 겨우겨우 식탁에 앉아서도 밥을 한가득 볼에 넣어놓고 삼키질 않았다. 지금은 이리 잘 먹는데 그때는 왜 그랬을까? 그렇게 안 먹는 딸을 둔 엄마 아빠는 마음이 정말 힘들었다고 하셨다. 여덟 살 학교에 들어갈 때에도 18kg이었으니 말라깽이 그 자체였다.

선이도 잘 안 먹는 편이다. 늘 그런 것은 아니지만 좀 잘 먹는다 싶은 시기가 지나면 갑자기 한동안 먹지 않는다. 그것을 반복할 때마다 보통 힘든 것이 아니다. 별 정성을 다 들여도 "시어, 시어" 하면서 안 먹으면 진이 빠진다. 껄껄 웃던 아빠가 밥을 차려주었다. 전복을 사서 참기름에 달달 볶아 물을 붓고 생쌀을 넣는다.

"다 된 쌀이 아니라? 이렇게 생쌀을?"

"어, 그래야 잘 묵는다이."

그렇게 한참을 주방에 서서 냄비를 저었다. 생쌀이 익을 때까지 저었으니 한 30분은 꼬박 서 있었다. 주걱을 저을 때마다 퍼진 고소한 냄새가 집 안을 가득 채웠다.

"묵으봐라. 선이도 좀 주고."

싫다고 고개를 젓던 선이가 입에 붙은 밥알을 맛보고는 자기가 퍼먹기 시작했다. 나도 아빠가 만들어주는 전복죽이 가장 맛있는데 너도 그렇구나. 잘 먹어서 다행이다. 아빠도 나를 키울 때 이렇게 수도 없이 죽을 쑤고 애를 썼겠지.

아이고 귀여워라

오리도 진짜 작았는데

그때 당신 오리 낳다 죽을 뻔했잖아

장모님 그러셨어요?

아이고 말도 마라

오리 가졌을 때

입덧이
얼마나 심했는지

열 달 내내 먹을 수가 없어서

살이 엄청 빠졌다니까

삐쩍 말라 배만 나와서

나도 오리도 너무 작다고 했어

오리를 낳는 날 둘 다 죽을 뻔했지

많이
위험해요

엄청 초조하고
무서웠어

결국 난 기절했고

오리는 어찌 태어났나 봐

몸무게가 너무 적게 태어나서

엄마 아빠의 육아 이야기

동그라미 사이에서 태어난 별 모양

우리 부모님은 나랑 좀 안 맞는다. 예를 들면 다 함께 놀러 갔을 때 내가 들꽃이 예뻐 조금 꺾어다 테이블에 꽂아두면 신랑은 지나가다가 "이거 오리가 꺾어왔어?" 하고 관심을 보이는데, 아빠와 엄마는 꽃을 멀리 구석에 치우고 밥을 차린다. 또 내 눈에 너무 예쁜 팔찌를 사서 엄마 생일에 선물하면 아빠는 기왕 살 거 24K로 사 오라고 알려준다.

초등학교 때는 소풍으로 간 경주에서 부모님을 생각하며 설레는 마음으로 기념품을 사 왔을 때는 이런 건 안 사 와도 된다고 했고, 비누를 깎아 부모님 얼굴을 만들어 선물했을 때도 그저 이렇게 큰 비누가 어디서 났는지만 물었다. 예민하고 섬세한 성격을 가진 내가 이런 부모님 밑에서 자라는 게 쉽지는 않았다. 사랑도 많이 받았지만, 상처도 많이 받았다. 그러다 나와 결이 비슷한 지금의 남편을 만났다. 어느 날도 부모님이랑 말다툼하고 돌아오는데 남편이 말했다.

"오리는 부모님에게 '감정'이 자꾸 상하는 것 같은데 그냥 '감성'이 안 맞는 게 아닐까. 부모님도 오리를 사랑하고 도와주고 싶은데 그 감성이 달라서 오리가 서운하게 느끼는 것 같아. 감성은 사람마다 다른 거잖아. 그러니까 부모님을 이해해보자. 단 한 번도 나쁜 의도로 그러신 적은 없을 거야."

부모님 사랑을 받아도 시렸던 내 마음을 드디어 이해해 주는 사람이 생긴 것 같아 울컥 눈물이 났다. 나는 마치 동그라미 사이에서 태어난 별 모양. 나는 어떻게 이런 모양으로 자랐을까?

어디 있겠어

자꾸만 신경이 쓰여서

가끔 벌써 우리가 죽고 나면 선이는 어찌 사나 그런 생각이 든다. 살긴 살겠지. 근데 뭐 이를테면 외롭진 않을까 싶어 자꾸 형제가 있으면 좋으려나 그런 생각이 든다. 아마 엄마 아빠가 비혼이었던 내게 좋은 사람을 만났으면 좋겠다고 이야기했던 것도 이런 마음 아니었을까. 꼭 해야 하는 결혼이라 그런 것이 아니라, 혼자 세상을 사는 내가 자꾸 신경이 쓰여서. 한창 모든 것이 힘들 때 남편에게 말했다. 나는 선이에게 결혼도 출산도 부추길 생각이 전혀 없다고. 그런데 그런 힘듦보다 선이가 우리가 죽고 나서 혼자 살아갈 것이 벌써 걱정이 된다. 혹시나 우리가 없어서 외로울까 봐. 평생을 함께할 수는 없을 테니.

꿋꿋하게

사뿐하고 느긋하게

라라 언니는 예전부터 친해지고 싶었던 사람이었는데, 우연히 임신과 출산 시기가 비슷해 부쩍 가까워지게 되었다. 언니는 아이가 둘이다. 경험치가 나보다 훨씬 많은 선배 엄마. 그래서인지 라라 언니가 말하는 건 자꾸만 귀담아듣게 된다. 언니가 집으로 초대해 함께 밥을 먹었다. 집에서 머무르며 언니의 모습을 보고 있자니 내가 너무 힘을 주고 살았나 싶은 마음이 들었다. 언니는 기질 자체가 평온하고 평화로운 사람인데 그게 아이를 돌볼 때에도 많이 묻어났다.

라라 언니는 내 밥도 차리고, 동시에 우리의 대화를 끌어나가면서 린이도 돌보았다. 아주 사뿐하고 느긋하게. 나와는 전혀 달랐다. 기본적으로 인간의 생명과 강인함에 대한 믿음이 있다고 해야 할까? 아이를 지켜봐주는 그 여유로움이 나와는 달랐다.

나는 선이가 모빌만 끔뻑끔뻑 볼 때도 빛에 손가락을 움직여 그림자놀이를 하고 별을 쏘고 혼자 가만히 두질 않았다. 튀밥을 하나 줄 때도 장난감 문을 열어야 튀밥이 나오는 도구를 사용했다. 그저 남들이 다 그러니까 뇌 발달과 소근육 발달에 신경을 썼다. 늘 더 해야만 할 것만 같아 불안했는데 라라 언니네 집을 다녀온 후 마음이 좀 달라졌다. 편하게, 가뿐하게. 선이도 나도 우리도 함께 살아가는 식구일 뿐이니까 조급해하지 말고 너그러워지자. 앞으로 우리는 함께 살날이 훨씬 많으니까.

우리가 사는 곳에 아이가 온 거야

오랜 고민

다섯 살 때였나. 엄마와 몇십 권의 동화책이 세트로 된 전집을 파는 곳에 있었다. 당시에도 꽤 비쌌는지 엄마는 결정을 못 하고 계속 서성이며 고민했다. 아주 오랜 시간을 고민하던 그때의 그 분위기가 선명하다. 마침내 고민을 마친 엄마가 지폐를 딱딱 세더니 계산했다. 나는 그저 그 책을 빨리 읽어보고 싶었고 집에 가는 길은 멀기만 했다. 집에 돌아오자 엄마는 그 많은 책을 책장에 넣지 않고, 내 방 서랍장 하단의 옷을 전부 꺼내더니 그 안에 넣었다. 엄마는 말했다. 아빠가 있을 때는 읽으면 안 되고 아빠가 없을 때만 읽어야 한다고, 우리만의 비밀이라고.

아빠가 아침에 집을 나가면 바로 뛰어가서 서랍장을 열어 책을 꺼냈다. 그렇게 온종일 읽다가 아빠가 오기 전에 후다닥 뛰어가서 다시 넣어두었다. 그때 읽은 책들의 제목은 기억나지 않지만, 긁으면 향이 나는 것, 누르면 소리가 나는 것, 조합에 따라 이야기가 달라졌던 것 등등 이미지들은 또렷하다. 엄마에게 물어보니 영천에서 김천으로 이사 오면서 모두 잃어버렸다고 했다.

엄마의 고민하는 옆모습이 아직도 생생히 떠오르는 건,

그 시간이 내게 좋은 결핍을 주었던 게 아닐까 하는 생각이 든다. 엄마의 고민이 길어질수록 나는 옆에서 전전긍긍하며 그 전집이 더 가지고 싶었을 거다. 또 아빠가 없을 때만 볼 수 있으니까 더 꼼꼼히 책을 읽어나갈 수 있었을 거고, 그렇게 책과 가까워질 수 있었다. 이 작은 경험이 선이를 키울 때 좋은 지침이 될 줄이야. 아이를 키우면서 적절한 결핍과 성취감을 곳곳에 심어주고 싶다.

이거 이제
네가 가지고 있어라

이게 뭔데?

깨몽

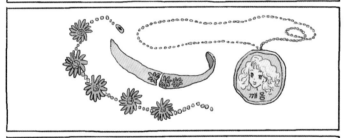

어 이거
내가 어릴 때
찼던 것들이네!

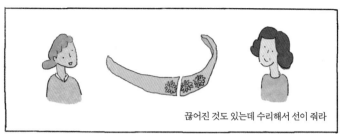

끊어진 것도 있는데 수리해서 선이 줘라

근데 이걸 30년 넘게 가지고
있었던 거야?

엄마   엄마   우와~   친구랑 놀게~   아~ 엄마가
                                           현 알아요   알았어요~   오줌
                                                                      바빠네   엄마

이사 올 때 잃어버린 스케치북이랑 동화 전집 빼고

6살에 사준 피아노   상장들   동화책들   아기옷   돌반지   고등학교 그림

네 것 내가 다 가지고 있다

친정 엄마

307

아끼는 것

아빠는 자신의 정원을 참으로 아낀다. 10년을 꼬박 자란 나무들로 채워진 정원은 누가 얼마를 준다고 해도 팔지 않을 거라며 자신이 가꾸는 나무와 정원에 대한 애착이 크다. 그런 아빠가 내 앞에서 소나무를 툭툭 부러트린 적이 있다. 바로 선이의 돌상 때문이었다. 선이 돌을 맞아 직접 돌상을 꾸려보고 싶었는데, 상 양쪽으로 푸른 소나무 가지를 꼽고 싶다고 하니 바로 꺾어주셨다. 이 가지 예쁘다고 하면 바로 푹 꺾으시고 저게 더 낫나 하면 그 가지도 푹 꺾으신다. 이제 그만 됐다고 하는데도 아빠 혼자 여기저기에서 예뻐 보이는 것은 죄다 꺾어와 수북이 쌓였다.

"거기서 마음에 드는 것만 챙기고 나머지는 놔둬."

남편이 그럴 수 없다며 모두 챙겼는데, 상자 하나가 차고 넘칠 만큼이었다. 그중에서 선이 돌상에 올라간 것은 단 두 개뿐이었다. 무사히 돌잔치를 마치고 초록 소나무는 갈색으로 말라버렸지만, 치워버릴 수가 없었다. 그래서 지금까지 그 소나무 가지는 선이 방에 꽂혀 있다. 그때 아빠의 마음이 좋아서. 그 마음이 너무 아까워서.

다시 돌아간다면

아이를 돌보는 시간이 길어질수록 시간이 그냥 흩어져 사라지는 것 같아 마음이 어려웠다. 개인 계정에 불안하다는 글을 적었다. 그 글을 본 친한 언니가 댓글을 달았다.

"오리야~, 그 시간 후딱 간다? 진심으로 그 시간을 잘 즐겨. 나중에 애들 자라는 거 제대로 못 본 시간이 너무 아깝다."

언니는 대학교에서 학생들도 가르치고 전시도 하며 열심히 활동했는데, 아이를 낳고 남편이 주재원으로 미국에 가게 되면서 지금은 아이만 키우고 있다. 대단한 자연 속에서 뛰노는 아이들과의 행복한 사진을 보고 미소가 지어지다가도, 이제 작업을 하지 못하는데 언니는 괜찮은 걸까 싶은 마음이 들기도 했다. 그런데 언니가 내게 그런 말을 해준 것이다. 선이를 낳은 지 얼마 안 되었을 때라 그 말이 이해도 안 가고 내가 알던 열정 넘치던 언니는 어디 갔지 싶으면서 쓸쓸한 마음도 들었는데 이제는 나도 막 아이를 키우는 이들에게 해주고 싶은 말이다.

생각해보면 작년도 후딱 지나갔고 1년 전도, 5년 전도, 학창 시절도 다 후딱 지나왔다. 그러니까 아이를 키우는 1년 동안 나만 빼고 세상이 그리 빠르게 흘러가지 않고 내가 대단히 뒤처지지도 않는데, 왜 그 시간을 그리 초조하게 보냈을까. 온전히 육아에 푹 빠져서 살아볼걸. 난 무얼 그리 불안해하고 나를 잃을 것 같아 힘들어했나. 1년 동안 나를 완전히 지우고 선이의 엄마로만 살았다면 그때그때 선이와의 추억도 내 마음에 훨씬 많을 텐데. 지금은 슬퍼했던 나와 아쉬웠던 후회만이 가슴에 많다.

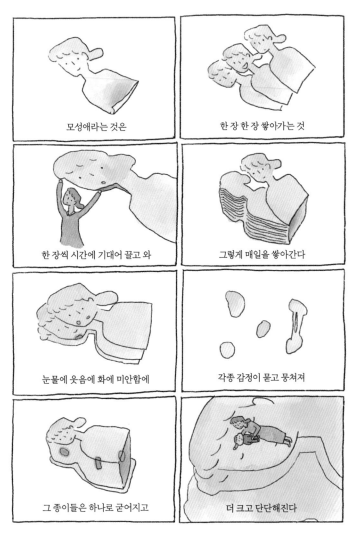

덩어리가 되어가는 과정

복 받은 남자

현은 내가 도시락을 싸주거나 좋은 옷을 사주거나 얼굴에 크림을 발라줄 때마다 "나는 복 받은 남자야" 하고 말한다. 친정에 갈 때마다 부모님의 투박한 말투나 다른 성향으로 남편이 혹시 불편하지는 않을까 언제나 불안한 마음이 있는데 하루를 친정집에서 자려고 누웠을 때 그가 말했다.

"나는 복 받은 남자야."

의아해서 무슨 복을 받았냐고 물어보면 본인이 온다고 장모님이 비싼 장어를 구워줬다거나 함께 맛있는 소고기를 구워 먹었다거나 장인어른이 직접 담근 술을 주셨다거나 하는 소소한 일들을 이야기한다. 매번 이렇게 말해주는 그에게 내가 어찌 함부로 행동할 수 있을까. 어떤 상처도 주고 싶지 않다고, 내가 더 잘해주고 싶다는 마음이 든다. 한 해 한 해 내가 더 좋은 쪽으로 걸어갈 수 있다면 그건 모두 현 때문이다. 더 좋은 사람이 되고 싶다고 생각하게 만드는 사람, 현. 그러니까 사실 복은 내가 받은 게 아닐까.

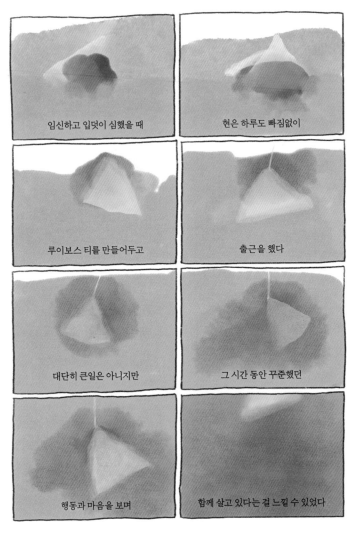

임신하고 입덧이 심했을 때

현은 하루도 빠짐없이

루이보스 티를 만들어두고

출근을 했다

대단히 큰일은 아니지만

그 시간 동안 꾸준했던

행동과 마음을 보며

함께 살고 있다는 걸 느낄 수 있었다

꼭 필요한 물 같은

좋은 사람

그녀가 혼자 강아지 산책을 시키는 것을 종종 보았다. 느린 걸음으로 강아지와 함께 걷던 사람. 강아지가 풀을 킁킁거리면 그것을 같이 지켜보고 강아지가 혀를 쭉 빼고 헉헉거리면 옆에서 물끄러미 강아지를 살피던 사람이었다. 그렇게 느리게 느리게 산책하는 걸 여러 번 보고 그 사람이 궁금해졌을 때쯤 그녀를 놀이터에서 마주쳤다. 선이와 비슷한 또래의 아이를 둔 엄마였다. 비슷한 연령의 아이를 키운다는 것을 알게 되고부터 멀리서 그를 발견하면 나는 손을 열심히 흔들었다.

"안녕하세요~."

다행히 그도 늘 웃으며 인사를 해주었다. 그렇게 인사와 안부를 주고받으며 시간을 쌓아갔다. 시간이 흘러 그 시기에 알게 된 사람들 모두 함께 어울리는 놀이터 친구가 되었고, 어쩌다 생긴 술자리에서 그녀가 말했다.

"난 스스로 좋은 사람이라고 생각하니까 다 친해지려고 하지 않아."

생각해보니 그녀가 내게 급하게 다가온다고 느꼈던 적이 없었다. 자리에 오래 머무르지 않았고 늘 간단한 인사를 한 뒤 자리를 뜨곤 했다.

"난 내가 아까워. 내 사람이 되면 엄청 잘 해주거든. 온
마음을 다해, 좋은 것들을 다 주고 싶어."

순간 머리를 한 대 맞은 기분이었다. 나는 모든 사람을
다 품지 않으면 마음이 불편하고 죄책감을 느끼기도 했다. 그
런데 그녀의 말은 내게 또 다른 길이 있음을 알려주는 것 같
았다. 내 관점이 다른 사람에게 맞춰져 있어 그들에게 좋은 사
람이 되려 노력했다면, 그녀의 관점은 자신을 향하고 있었다.

그러게. 난 너무 나를 아끼지 않았네. 이제부터라도 마
음을 모두에게 나눠주는 것이 아니라 내가 좋아하는 사람,
오래 함께하고 싶은 사람들에게 더 많이 마음껏 나눠줘야지.
나도 나를 한없이 전할 내 마음을 아까워해야지.

시원한 바람 한 줄기 불어오기를

딸이 안 볼 때

선이 밥을 먹이는데, 그때 집에 와 있던 엄마가 혹 뜨거울까 봐 선이 숟가락을 입으로 후후 불어줬다.

"엄마, 아기들은 면역력이 약해서 어른이 불면 안 된대. 입에 있는 세균이 혹시 들어갈 수 있다고 해서 우리도 조심하고 있어."

밥을 마저 먹이고 뒷정리하는데 엄마가 갑자기 우리 둘이 나갔다 오라고 했다. 본인이 있으니까 둘이 영화도 보고 밥도 먹고 실컷 놀다 들어오라고. 이게 웬 횡재인가 싶어 신나는 마음으로 부랴부랴 나갔다. 그렇게 차에 타서 별일 없겠지 하고 홈캠을 켰는데 엄마가 선이를 안아서 고개를 박고 도리도리를 하고, 선이 볼에 뽀뽀하고, 배도 까서 뽀뽀하고 있었다. 옆에 있던 아빠도 선이를 들고 꼭 안아보고 볼에 뽀뽀하고 발에다도 뽀뽀하고 난리가 아니었다. 면역력이 어떻다느니 세균이 어떻다는지 따지는 딸이랑 사위 눈치가 보여서 멀리 보내놓고 두 분이 얼마나 신나게 선이를 만지고 웃으시는지. 그래, 이 모습이면 충분하지. 나의 사랑들.

엄마가 낳은 나, 내가 낳은 선이

봄날의 맛

아빠는 고기 굽기에 굉장한 자부심이 있다. 그래서 귀한 손님이 오거나 우리가 오랜만에 내려가면 꼭 "고기 묵을래? 고기 구버줄까?" 한다. 아빠의 장비는 작은 화로와 숯, 작은 의자를 그 앞에 놓고 고기를 구워주신다. 미국 드라마나 영화에서 나오는 크고 번듯한 바비큐 기계와 장비들을 사주었지만, 아빠는 여전히 조그마한 화로에 고기를 굽는 것을 좋아한다.

특히 고추장 양념 돼지고기를 기가 막히게 만드는데 아직 아빠의 양념보다 맛있는 건 먹어보지 못했다. 가끔 여섯 근을 재워두어도 싹싹 다 먹고 올 정도다. 어릴 적부터 수백 번을 먹었어도 여전히 맛있다.

나랑 입맛이나 식성이 아주 비슷하니 남편도 친정에 가자는 이야기만 해도 고기 맛있겠다고 들떠 있다. 하루는 엄마는 약속이 있어 나가고 나는 컨디션이 안 좋아 아빠, 현, 남동생, 셋이 고기를 구워 먹은 적이 있었다. 4월 마당에 있는 벚나무에서 벚꽃이 휘날리고 날씨가 덥지도 춥지도 않은, 바람 솔솔 부는 날 셋이 집게를 들고 구워 먹었던 그 고기가 정말 맛있었다고 아직도 말하곤 한다. 나의 추억의 맛이었지만, 이제 우리의 추억이 된 그날의 맛.

나는 원래 크게 먹는 걸 좋아하거든

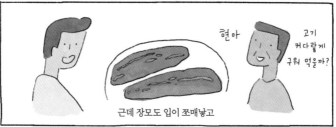

근데 장모도 입이 쪼매낳고

딸내미도 고기 잘게 자르라고 하고

난 이렇게 커다랗게 먹는 게 좋아

이렇게 함 무 봐라

어때 진짜 기분 좋지?

진짜 맛있어요!

우리끼리 오늘 이렇게 신나게 구워먹자

나란히 나란히

나는 못 해도 너에겐

나는 못 해도 선이에게는 해주게 되는 것들이 있다. 나는 옷에 특히 돈을 안 쓰는데 선이 옷을 얼마나 사는지 모르겠다. 내 옷 중 10만 원을 넘는 옷은 손에 꼽을 정도지만, 선이 옷은 10만 원이 넘어도 고민하다 결국은 사버린다. 내가 아이 옷을 10만 원 넘게 쓰면서 사줄 줄이야. 주변에서 애는 금방금방 크니 물려 입히거나 저렴한 걸 입혀도 된다고 했지만, 아이에게 주고 싶은 마음이 너무나 크다. 하루는 외출하는데 남편이 말한다.

"오리, 그 외투 참 예뻐."

그러고 보니 이 옷은 몇십만 원짜리 옷이다. 내게도 그런 좋은 옷들이 있는데 모두 엄마와 아빠가 사준 옷들. 엄마는 10원짜리 동전도 모으고 50원짜리 동전도 모아서 종이에 돌돌 말아두는 사람. 아빠도 모든 물건을 오래오래 잘 유지하고 쓰는 사람이다.

어떤 마음이었는지 전혀 모르고 살다가 이제야 아주 조금 알 것 같다. 나는 안 사고 안 입어도 너에게는 해주고 싶은, 그 마음이겠지.

너에게 줄게

지금의 모습

아이를 키우면서 정말 많이 들었던 말이 있다.

"아기 때 진짜 잠깐이다."

"시간이 멈췄으면 좋겠다."

당시에는 이런 말들이 이해가 가지 않았는데 정말 아이를 키우는 시간은 순식간이었다. 막 태어났을 때 그 작고 작은 발, 부러질 것 같은 얇은 손가락, 울어도 울어도 작은 목청. 이런 것들은 정말로 순식간이었다. 흘러내릴 듯한 볼을 하고 앉아 있던 모습, 침을 질질 흘리면서 기어가던 모습, 손가락과 발가락을 빨며 모빌을 보던 모습도 빠르게 지나갔다. 둘째를 낳은 엄마들은 내게 자주 말했다. 지금 선이의 모습도 정말로 금방 지나간다고. 어느샌가 아기가 어린이가 되어 있다고.

최근에 선이가 말이 좀 느린 것 같다는 이야기를 라라 언니랑 하고 있었다. 남편도 어린이집 선생님도 잘하고 있다는데, 이상하게 자꾸 걱정되고 조바심이 났다.

"근데 말 빨리해서 뭐 해? 난 아기 같은 모습을 오래 보고 싶더라."

빨리 가서 좋을 게 뭐가 있냐고. 언젠가 하게 되는 것인데, 조금 느려도 아이의 아기 시절을 더 오래 보니 좋을 것 같다는 말을 들으니 걱정의 모양이 다른 감정으로 달라졌다. 그러게. 지나가면 다시는 못 볼 지금 선이의 모습, 나도 오래 보고 싶다.

천천히 자라렴

에브리 맘

책을 마무리하기 위해 치앙마이에 머물렀다. 치앙마이 옆에 있는 빠이라는 곳에서 자연의 아름다움에 홀딱 반한 나는 다시 치앙다오의 밤하늘을 보기 위해 떠났고 구글맵을 돌려보다 매땡의 한 숙소에 묵게 되었다. 거기서 두 아이를 둔 태국 엄마를 만났다.

그는 내가 묵은 숙소의 사장님. 함께 이런저런 이야기를 하다가 나는 아이가 있는데 글을 마무리하러 치앙마이에 왔다고 하니, 그녀는 너무나 잘 안다며 자신도 원래 일하던 사람이어서 아이가 있으면 집중하는 것이 굉장히 어려웠을 거라고 답해주었다. 그렇게 시작된 '엄마' 이야기는 끝날 줄을 몰랐다. 아이를 키우는 것은 보통 일이 아니라며 정말 시간이 사라져서 아무것도 하지 못한다고 그런 이야기를 마구 했다. 엄청 행복하다고 하지만 엄청 힘들다고 깔깔거리면서 말이다.

언어는 달랐지만 완벽하게 '엄마'라는 동질감으로 서로의 감정을 공유하고 눈을 보며 이야기를 했다. 그때 그녀가 말했다.

"아이 투크 매디슨(나는 약도 먹어)."

약을 먹는다는 그녀의 말을 듣자마자 너무 반가운 나머지 소리치며 말했다.

"오 마이 갓! 아이 투크 매디슨 투(어머, 나도 약을 먹어)!"

서로 박수 치며 너도 약을 먹냐, 나도 먹었다며 막 웃었다. 그러다 눈물이 왈칵 났다. 우리는 다 아니까. 순식간에 눈물이 눈에 차올랐고 내 눈을 본 그녀의 눈에도 금세 눈물이 차올랐다. 두 팔을 벌려 그녀를 안아주었다.

"에브리웨어, 에브리 맘, 올 오브 월드 맘(모든 곳, 모든 엄마, 모든 세상에 엄마가)."

"유노(알지)?"

"아이 노(알지)!"

이런 짧은 단어들을 던지며 우리는 막 웃었다 울었다. 우리는 엄마니까. 엄마라서 모든 에너지를 아이에게 쏟으니까. 그가 이어 말했다.

"유 햅투 해피 퍼스트 앤 유얼 차일드 해피 투(너가 행복해야 해. 그래야 아이들도 행복해)."

"마이 닥터 세이드 투(내 의사 선생님도 그렇게 말했어)."

먼 타국에서 엄마라는 하나의 공통점을 가진 사람을 만

나 서로의 마음을 이렇게 헤아리고 이해할 수 있다니. 국경이고 인종이고 하는 것은 문제가 되지 않았다. 우리는 그저 엄마였다. 우리는 짧은 영어를 썼고, 대단한 형용사도 뭐도 없었다. 그것만으로 우리는 다 이해할 수 있었다. 너는 엄마, 나도 엄마.

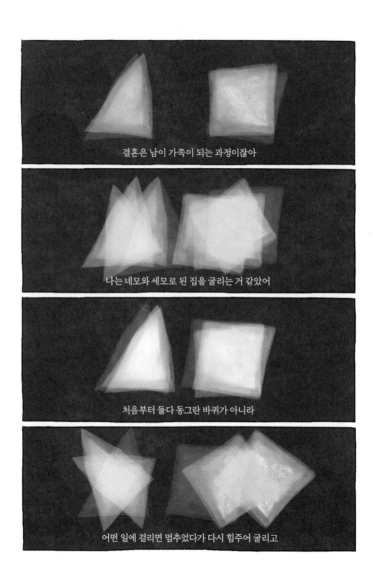

결혼은 남이 가족이 되는 과정이잖아

나는 네모와 세모로 된 집을 굴리는 거 같았어

처음부터 둘다 동그란 바퀴가 아니라

어떤 일에 걸리면 멈추었다가 다시 힘주어 굴리고

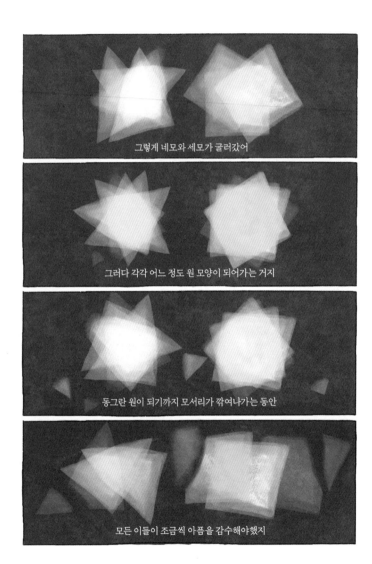

그렇게 네모와 세모가 굴러갔어

그러다 각각 어느 정도 원 모양이 되어가는 거지

동그란 원이 되기까지 모서리가 깎여나가는 동안

모든 이들이 조금씩 아픔을 감수해야했지

더 붙이려는 욕심은 참고 부족한 건 더해갔어

그래도 완벽한 원은 아니어서

우리는 여전히 우둘투둘 살아가고 굴러가지만 말야

완전히 다른 우리는 함께 가려 노력하고 있어

완벽하지 않아 다행이야

에필로그

원고를 마무리하고 가족들과 호이안에 왔다. 마침 우기여서 호이안의 날씨는 아주 변덕스러웠다. 비가 쏟아지다 맑아지고 다시 쏟아지다 맑아지는 날들이었다. 비가 무섭게 쏟아지던 어느 날 숙소에서 "탁" 소리가 나더니 모든 조명이 나갔다. 창밖을 보니 다른 집들에도 불빛 하나 없었다.

"정전인가 본데? 어떡하지?"

"일단 기다려보자. 핸드폰 배터리는 충분해?"

혹시 모를 긴급상황을 위해 핸드폰은 아껴두고 선이와 함께 침대에 누웠다. 빛이라고는 오직 달빛뿐, 서로의 얼굴만 보일 정도였다.

"우리 정말 어둠이 있는 곳으로 왔네."

본문에 적었던 것처럼 빛이 없는 깜깜한 곳에 셋이 있으니 기분이 묘했다. 부스럭거리던 남편은 헤드랜턴을 머리에 쓰고 나왔다. 그 모습을 본 선이가 까르르 웃었다. 나는 종이컵을 뒤집어 나무젓가락으로 두드렸다. 달을 빛 삼아 그림자놀이를 하면서 작은 소리와 움직임에 민감하게 반응하며 서로를 살피는 시간을 보냈다. 서로의 실루엣을 보며 말소리에 귀를 기울이던 그 순간이 너무 좋아 한국에 돌아가도 한 달에 한 번은 '정전의 날'을 보내기로 했다.

선이를 낳고 키우는 시간들이 나는 왜 이리 힘들었을까.
텔레비전이나 책에서 나오는 이상적인 엄마의 모습이 아닌,
나만 이상한 엄마인 것 같았다. 매 순간 행복감은 수시로 찾
아왔다. 아이의 잠든 모습을 보거나 까르르 웃는 모습을 볼
때면 눈을 깜빡이는 만큼 자주 행복해졌지만, 어쩐지 깜빡일
때마다 눈물도 함께 떨어졌다. 내가 '평범하고 일반적인' 엄마
가 아니라는 것이, 왜 나는 그럴 수 없는지에 대한 생각이 나
를 무척 힘들게 했다. 나는 엄마 자격이 없는 걸까. 그렇게 나
는 더 외로워져 갔다.

결혼하기 전까지 지나가는 아이만 봐도 귀여워서 눈을
못 뗐다. 아이 엄마 몰래 눈이 마주치며 윙크를 하거나 손을
흔들며 마음이 몽글몽글해졌다. 결혼 생각은 없었지만, 아이
는 갖고 싶다고 생각했던 사람이었는데, 막상 엄마가 되자 나
는 내가 생각하던 '엄마'가 아니었다. 현은 길에서 아기를 봐
도 큰 동요가 없었다. 가끔은 시끄럽게 느껴지기까지 했다는
데, 선이가 태어나자 그가 달라졌다. 한 존재가 어찌 이리 사

랑스럽고 아름답냐며 이제 다른 아이들도 궁금해지고 예뻐 보인다고 했다. 환상을 가졌던 사람과 반대의 마음을 가진 두 사람이 마주한 현실이 달랐던 건지 우리가 엄마가 되고 아빠가 되는 속도가 달랐던 건지는 잘 모르겠다.

사람 얼굴이 다 다르듯 마음도 각기 다르듯 엄마라는 모습도 다 다를 것이다. 정답이 없는 이야기. 하지만 모든 엄마가 품은 바람이 하나 있다면, 그건 아이를 잘 키우고 싶은 마음 아닐까. 그 마음이 나에게 책임감을 주고 죄책감을 주고 미안함과 부족함을 느끼게 했던 것 같다. 아이를 키우면서 나는 나를 관대하게 바라보지 못했다. 아이를 사랑하는 만큼 나에게도 엄격했고, 채찍질했다. 그 괴로움과 슬픔에는 사랑이 얽혀 있어 더욱 지난했다. 어딘가에서 어두운 터널을 지나고 있을 누군가에게 위로와 응원이 되기를 바라는 마음으로 책을 채웠다. 당신과 닮은 내가 있다고. 부족하고 자꾸만 울게 되지만 한 아이를 키우고 있는 엄마가 여기 있다고 말이다. 이 책이 누군가를 조금이나마 덜 외롭게 해줄 수 있다면 좋겠다. 나의 사랑은 대나무를 닮았을지도 모른다. 대

나무는 수년 동안 뿌리를 내리지만, 뿌리를 깊이 내리고 나면 한 달, 1년 만에 쑥쑥 자라난다. 우리의 사랑도 그럴 거라고 나는 믿는다.

책을 쓰면서 산후우울증에서 벗어날 수 있었다. '나'의 일을 하고 싶었다. 글을 쓰고 싶었고 그림을 그리고 싶었다. 우는 선이를 안고 방 안을 서성이며 나를 잃어갈 때쯤 원고를 시작했다. 글을 쓰면서 나를 찾아가고 나에 대해 생각하고 나를 다시 사랑하는 느낌을 받았다. 마음속 꺼졌던 양초에 불을 다시 켠 기분이었다. 나를 찾고 나니 선이가 보였다. 사랑해야 한다. 나를 사랑하고 나를 채워야 비로소 나누어 줄 수 있다. 텅 빈 채로 사랑을 주려고 전전긍긍했던 나를 다시 안아본다.

마지막으로 아이가 있으니 혼자서 오롯이 글을 쓰고 그림을 그리는 것이 참 어려웠다. 이 책을 쓸 수 있는 시간을 배려해주고 함께해주었던 현과 가족들에게 감사한 마음을 전한다.